이 책은 고전을 읽어 보고 싶지만 막막한 사람,

읽긴 했는데 무슨 뜻인지 모르는 사람,

다른 이의 생각이 궁금한 사람들을 위한 책이다.

혼자서는 안 읽었을 책들

초판 1쇄 인쇄　2023년 05월 23일
초판 1쇄 발행　2023년 05월 31일
지은이　송도글캠(이영미, 김지훈, 양동신, 박혜나, 무영, 전홍희, 조소연, 문베리)

펴낸이　김양수
책임편집　이정은
교정교열　강민

펴낸곳　휴앤스토리
　　　　　출판등록 제2016-000014
　　　　　주소 경기도 고양시 일산서구 중앙로 1456 서현프라자 604호
　　　　　전화 031) 906-5006
　　　　　팩스 031) 906-5079
　　　　　홈페이지 www.booksam.kr
　　　　　이메일 okbook1234@naver.com
　　　　　블로그 blog.naver.com/okbook1234
　　　　　페이스북 facebook.com/booksam.kr
　　　　　인스타그램 @okbook_

ISBN　979-11-89254-87-2 (03800)

＊ 파손된 책은 구입처에서 교환해 드립니다. 　＊ 책값은 뒤표지에 있습니다.

＊ 이 도서의 판매 수익금 일부를 한국심장재단에 기부합니다.

휴앤스토리, 맑은샘 브랜드와 함께하는 출판사입니다.

혼자서는
안 읽었을
책들

송도글캠 서평집

휴엔스토리

막내 문베리가 소개하는 〈송도글캠〉[*] 멤버

김지훈   내가 아는 60대 중 현대문명을 제일 잘 이용하심. 우리 중
ChatGPT도 먼저 써보고 공유해 주셨다. 지금은 도서관에서 외국
인을 대상으로 한국어교육 봉사활동을 시작하셨다. '신사'가 궁금
하면 '지훈'을 보아라.

양동신   그의 글은 솔직하고 재치 있으며 다른 시선으로 우리를 즐겁게 해
준다. 책 속 등장인물뿐 아니라 작가에게도 독설을 서슴지 않는다.
슬림한 몸매를 유지하기 위해 매일 만 보 걷기를 실천 중.

박혜나   약한 소리 대마왕. 못 쓰겠다고 하면서 내민 글은 공감을 불러일으
킨다. 중도 포기는 없는, 끈기의 아이콘. 중국어, 영어, 컴퓨터, 가곡,
드럼, 기타 등 취미 생활은 끝이 없다. 평생 배우고 싶다는 의지를
응원한다.

무 영   교과서처럼 사는 사람. 서평 12편을 쓰는 동안 한 번도 안 빼고, 전
부 쓴 성실함의 끝판왕. 우리가 붕붕 뜨는 아이디어를 내면, 중심잡
이 역을 하는 동아리의 주축. 무영만의 문체가 있으므로 언젠가 그
가 쓴 소설이 보고 싶다.

---

* 송도에 모여 글 캐는 사람들

전홍희 책을 너무 좋아해서 포도 농사 비수기엔 다독, 성수기엔 애독한다. 인자한 웃음 속 단단한 자아의 소유자다. 샤인머스캣 농장 옆에 작은 도서관을 짓는 게 꿈이다. 꿈을 이룰 날이 머지않은 것 같다.

조소연 14년간 NGO에서 일하다가 지금은 두 아들의 NGO. 동아리에 제일 마지막으로 합류했는데, 첫 서평을 보고 모두 감탄했다. 많이 하는 말은, "이 부분 좋은데요." 의견 수용이 빠르고 칭찬에 후하니 누구나 좋아할 수밖에! 동아리에서 유일한 40대다.

문베리 동아리에서 주로 하는 일은 의견제시 및 30대 자식 입장 대변. 어디서 막내 한 지 오래됐는데…. 오랜만에 하는 막내가 즐겁다♥ (그래도 송도글캠 막내는 늘 구합니다. 환영 환영)

그리고 이 모임의 주동자,

이영미 평생 책 관련 일을 해 온, 책 척척박사일 뿐 아니라 사진작가, 식물 백과사전이기도 하다. 이건 무슨 나무예요? 물으면 다 안다. 사계절을 부지런히 즐기는 모습이 멋있다. 우리를 모아 줘서 고맙다.

우리를 나아가게 하는 건
생각이 아니라 첫발을 떼는 용기다

책을 읽고 노는 건 재미있다. 시공간의 제약도 그리 없고 질 펀하게 술 마시고 춤추며 노는 것에 비하면 비용과 에너지 소모도 덜하다. 게다가 자신이 좀 괜찮은 사람이라는 착각과 지적 허영심을 만족시키니 그만한 놀이도 없다.

그것을 함께 할 사람들이 생겨났다. 일주일에 고전 한 권을 읽고 생각을 나누었다. 책을 통해 혁명기의 프랑스 파리와 제정 시대 러시아의 페테르부르크도 다녀왔다. 책 속에서 수많은 사람을 만났다. 외투를 잃은 상실감으로 귀신이 되어 버린 하급 관리와 알제 바닷가의 햇살이 번쩍여 살인을 저질렀다는 청년도 만났다. 가슴에 쏙쏙 박히는 주옥같은 문장들이 하나둘 늘어났다. 삶의 고비마다 힘이 되어 주고 관계의 뒤틀림으로 아플 때마다 어루만져 주던 문장들이 고마웠다. 스무 살에는 안개 같던 사건과 인물의 행동이 이제 이해되고 공감되기 시작했다. 나이 듦과 고전 덕분이다.

독서의 끝은 쓰기이다. 독서 후 난무하는 생각을 붙잡아 정리하고 싶었다. 너무 거대한 꿈이었을까? 독립 출판이 넘쳐나는 이 시대에? 타인의 시선과 완벽함에 대한 강박에 발목을 잡혔다. 방향성을 가지지 못한 생각들은 도무지 구체화되지 못했고 밖으로 나오지를 못했다.

'아무것도 하지 않으면 상처도 후회도 없다.
그러나 성장도 없다.
성장은 언제나 균열과 틈, 변수와 모험 사이에서 생겨난다.'
_무루, 「이상하고 자유로운 할머니가 되고 싶어」

모험을 하기로 했다. 30대에서 60대가 함께 모여 삽질을 시작했다. 꿈조차 없다면 지향도 없을 테니 꿈꾸기만큼은 언제 어디서나 할 수 있다.

누구에게나 삶에서 세 번의 큰 기회가 온다고 한다. 그러나 그것이 온들 알아채지 못하면 무용지물이다. 기회란 준비되지 않은 자에게는 희망 고문이다. 미래의 '언젠가'를 읊조리기만 하다가는 세월만 갈 터이다. 독서 후 결과물을 내겠다는, 혼자였다면 더 오랜 시간이 지나서야 가능했을 일들이 글벗들 덕분에 당겨졌다. 좋은 인연들을 만나 숟가락 하나만 달랑 얹은 셈이다.

카이로스의 시간은 준비되고 행동할 때 우리의 삶을 풍요롭게 한다. 그 중심에는 사람이 있다. 인간사의 70%는 사람과 관계된 것들이고 어떤 인연을 만나느냐에 따라 인생의 성패가 달라진다는 신영복 선생의 말씀을 되새긴다.

지훈, 동신, 헤나, 무영, 홍희, 소연, 베리(존칭 생략). 오늘도 글벗들이 있어 즐겁고 감사하다. 특히 막내 베리에게 고맙다. 참신한 발상은 물론이고 귀찮은 일을 두말없이 맡아 주었다.

2023.3.24.
글벗들을 대신해서 이영미 씀

차례

우리를 나아가게 하는 건 생각이 아니라
첫발을 떼는 용기다

▌1부   인생, 정답은 없다

┏ 2부   세상, 공짜는 없다

1부

인생,
정답은 없다

문베리

고집불통인 나를 조금이나마 유연하게 해주는 건 책이다.
무슨 책을 읽을지 고민된다면 우리와 함께 이 목록을 따라가면 좋겠다.

너무 아픈 사랑도 사랑이었음을
_ 서른 즈음에

✒

"동정심보다 무거운 것은 없다.

우리 자신의 고통조차도 상상력으로 증폭되고

수천 번 메아리치면서 깊어진 타인과 함께, 타인을 위해,

타인을 대신해 느끼는 고통만큼 무겁지 않다."

밀란 쿤데라(Milan Kundera, 1929~)

체코에서 태어났다. 소련이 점령한 시기에 사회주의를 비판하는 글을 쓴 밀란 쿤데라는 시민권을 박탈당하고 프랑스로 망명 갔다.

이 소설은 체코의 민주화 운동을 배경으로 얘기가 진행된다. 인생을 가볍게 살고자 하는 토마시와 사비나, 진지함을 원하는 테레자와 프란츠. 네 명의 남녀를 중심으로 사랑, 인생의 가벼움과 무거움을 담고 있다.

『참을 수 없는 존재의 가벼움』이라니 일단 제목이 멋있다. 한 번은 읽어 봐야지 했는데, 두꺼운 분량에 손이 쉽게 가지 않았다. 책을 함께 읽는 사람들이 있으니 좋은 점은 평상시에 미루던 책을 읽게 된다는 점. 정해진 기간 내에 읽어 가야 하니 열심히 읽게 된다. 창가 근처에 자리 잡고 가벼운 마음으로 책을 펼쳤다. '뭐야, 처음부터 니체의 영원한 회귀를 말하다니… 자비가 없군.' 첫 장을 쓱 읽고 덮었다. 마음의 준비가 필요하다. 커피를 한 잔 타고 눈 내리는 창문을 바라보았다. 새하얀 눈 위로 사람들의 발자국이 부지런히 남겨지고 있다. 그 흔적을 덮으려 영겁의 시간이 쌓인다. 원래 해야 할 일이 있으면 별거 아닌 것이 재밌는 게 국룰. 이러다 시작도 못 하겠다. 이번엔 제대로 심호흡하고 책을 다시 집어 들었다. 창밖에 시간이 쌓이는 동안 나는 책 속으로 빠져들었다. 읽는 동안 질문이 꼬리에 꼬리를 물고 확장된다.

책 삶을 가볍게 살아가야 할까? 무겁게 살아가야 할까? 육체와 영혼은 하나일까? 별개일까? 우리 삶은 한 번뿐인데 정답이 있을까?
……

나 …… (물음표 살인마 책이다. 그 답은 하나씩 찾아보기로…)

'고전병에 걸린 걸까?' 『참.존.가』를 읽는 중간중간 마음이 울렁거리고 벅차오르기까지 했다. 다음 날 차가운 공기를 마시며 눈길을 걸었다. 뽀득. 눈 위로 기분 좋은 균열이 생겼다. 사람들의 발자국을 따라도 가보고, 아무도 안 밟은 길을 밟아 보기도 하면서 등장인물들의 마음을 좇았다. 네 명의 등장인물은 조금

씩은 나와 닮은 부분이 있었기에 피식하고 웃음이 났다. '내게도 깊은 발자국을 남긴 사람이 있었지.', '내 마음에도 영겁의 시간이 내렸구나.' 책에 워낙 많은 얘깃거리가 담겨 있어서 할 얘기는 무궁무진하지만, 오늘은 내게 남았던 사랑의 발자국, 그 무거움과 가벼움에 관해 얘기해야겠다. 이 감상의 흔적을 남기지 않고는 참을 수 없기에.

20대 초, 나의 사랑은 토마시를 닮았다. 가벼움의 대명사 토마시는 사비나처럼 자신과 닮은 사람과의 사랑을 원했다. 가벼움을 지키기 위해 자신만의 룰도 있었다. 섹스는 해도 잠은 같이 자지 않고, 너무 자주 만나지 않는다 등 혹여나 관계를 무겁게 만들 가능성을 미리 차단했다. 토마시와 사비나가 서로를 알아봤듯, 나도 나와 닮은 사람을 찾아 연애했다. 닮았기에 편했고 나를 바꿀 필요도 없었다. 더는 바라는 게 없는 관계에서 오는 행복. 서로를 구속하지 않으며, 무료할 때 찾을 수 있는 관계. 끝나더라도 잠시 허전할 뿐, 또 다른 사람으로 채울 수 있는 정도의 가벼움. 그렇게 지나간 몇 번의 인연들은 나를 자유로운 사람으로 보이게 했다. 그 관계 속에서 나에게 집중을 할 수도, 원하는 만큼 친구들을 만날 수도, 나를 누군가에게 맞추지 않아도 됐다. 나다움을 채워 가는 시간이었다. 가벼웠던 사랑은 행복했지만, 반복을 거듭할수록 의구심을 만들어 냈다. 한번 생긴 의문은 날이 갈수록 커졌다. '진정한 사랑이란 무엇일까?', '이게 진짜 사랑인가?' 하는 물음표들.

"그 순간 그녀가 오래전부터 그의 몸속에 있어 왔고
지금 죽어 가고 있다는 상상이 들었다.
불현듯 그녀가 죽고 나면 자신도 살아남지 못하리란 것이
너무도 당연한 진실처럼 느껴졌다.
그는 그녀 곁에 나란히 누워 함께 죽고 싶었다."

가벼웠던 토마시에게도 운명을 느끼는 순간이 찾아왔다. 무거움을 원하는 테레자를 만나면서 그녀를 사랑하기 위해 자신답지 않은 선택을 했다. 나에게도 그런 운명이 찾아왔다. 나보단 우리를 위한 선택을 하고, 나답지 않음에 이것저것 이유를 붙이며 질량을 더했다. 더 이상 나의 연애는 가볍지 않았다. 그동안 가벼움을 즐기면서도 심연의 어떤 나는 무거움을 동경했기에, 버거우면서도 무게를 버티며 희열을 느꼈다.

무거움에 취한 나의 사랑은 어느샌가 테레자를 닮아 있었다.

테레자가 토마시를 사랑하면서 질투와 사랑을 동시에 느껴 괴로워하듯, 나의 사랑도 두 얼굴을 하고 있었다. 어떤 날은 벅찰 정도로 깊은 사랑을 주고, 다른 날엔 끝없는 두려움과 상처를 주었다. 혹여나 내 가벼움 때문에 사랑이 날아가 버릴까 무서웠기에, 나와 상대에게 진중함과 희생을 강요하며 무게를 더했다. 그 무게들이 우리 사이를 단단하게 엮어 주길 바랐는데, 무게는 우리를 추락시켰다.

"그와 테레자의 사랑은 분명 아름다웠지만 피곤하기도 했다.

항상 뭔가 숨기고, 감추고, 위장하고, 보완하고,

그녀에게 용기를 주고, 위로하고,

그녀를 사랑한다는 사실을 끊임없이 증명하고,

질투심과 고통과 꿈에서 비롯된 비난을 감수하고,

죄의식을 느끼고, 자신을 정당화하고, 용서를 구해야만 했다."

어느새 책임감만 남은 무거움의 절정이 진한 독이 되어 퍼지는지도 모르고, 끝난 인연을 고치려 무던히 자책했다. 운명이 끝났다고 받아들이는 건 너무나 어려웠다. 쉽게 없어지지 않는 발자국의 깊이를 보며 주저앉기를 반복했고 짙은 후회 때문에 뒤돌아보는 시간이 많았다. 그렇게 더딘 시간을 지나오며 알게 된 점이 있다. 가벼웠던 사랑도 무거웠던 사랑도 저마다 흔적을 남겼다는 점.

무거움을 원했던 테레자는 자기의 무거움 때문에 토마시를 망쳤다고 후회한다. 가벼움을 원했던 사비나는 무거웠던 프란츠를 선택하지 않음을 후회한다. 무거워도 가벼워도 후회가 남는다면, 우리는 사랑 앞에 어떤 자세를 취해야 하는 걸까?

"인간의 삶이란 오직 한 번뿐이며,
모든 상황에서 우리는 딱 한 번만 결정을 내릴 수 있기 때문에
과연 어떤 것이 좋은 결정이고 어떤 것이 나쁜 결정인지
결코 확인할 수 없을 것이다."

내가 이 책에서 찾은 답은 가벼움과 무거움, 둘 중 무엇이 나은지는 아무도 모른다는 것이다. 그러니 오래 후회하기보단 지금, 이 순간을 충실히 느끼고 칠하자. 내가 그리는 그림이 멋진 그림인지 아닌지 아무도 알 수 없으며, 어찌 보면 정답이 없기에 멋진 그림이라는 건 허상이다. 남들이 생각하는 멋진 그림을

위해 살기보단 내 마음에 드는 색을 칠할 것, 그리고 앞으로 다가올 사랑을 피하지 않을 용기를 가질 것. 이것이 내가 앞으로 갖추고 싶은 사랑의 자세다.

지나 보니 깊어야만 좋은 것도 아니고 길어야만 좋은 것도 아니다. 어떤 인연은 무거움을, 가벼움을, 끝을 알려 주기도 하고, 어떤 인연은 좌절을, 죄책감을, 애틋함을, 충만함을, 내가 모르던 나의 모습을 알려 주기도 한다. 모든 인연을 지나옴이 필요한 순간이었다는 것과 그 흔적이 내 전부가 될 수 없음을 '서른즈음'에 알게 됐다. 그러니 내겐 너무 아픈 사랑도 사랑이었음을, 가볍기만 했던 사랑도 사랑이었음을. 나에겐 무거움도 가벼움도 필요함을 고백한다.

인생이 너무 버겁게 느껴질 때, 또는 인생이 너무 무의미하게 느껴질 때 이 책을 추천한다. 가벼움과 무거움, 그 어딘가에서 방황하는 우리를 위한 책이다.

Q *사랑이란 무엇인까?*

L 사랑이란 '산정에서 구름을 기다리는 것이 아니라 산을 내려가는 물의 마음', '치열할수록 서로 닮는 게 아니라 서로다워지는 것'(안상학 시인)

Y 참아 주고 눈감아 주는 것이 무거운 사랑이겠지요.

C 상대의 생각과 행동을 존중하면서 옆에 있어 주는 것 같아요. 싫다면 옆에 있기 힘든 일입니다.

S 토마시와 테레사를 보고 느껴진 것인데요. (볼꼴 못 볼 꼴 다 보고서라도) 끝까지 함께하는 것 같아요.

B 세상엔 다양한 사랑의 모습이 있어요. 세상은 사랑의 힘으로 굴러갑니다.

P 기쁨, 배려.

K 도파민의 분비. 양이 적어지면 시들해짐. ㅎㅎ

김지훈

'호밀밭의 파수꾼'처럼 일생을 마름으로 살아온 나에게
고전 읽기는 마음을 설레게 하는 '멋진 신세계'다.

지랄 총량의 법칙을 믿어 보자

"나는 아득한 낭떠러지 옆에 서 있는 거야.

애들이 달릴 때는 저희가 어디로 달리고 있는지 모르잖아?

그런 때 내가 어딘가에서 나타나 그 애를 붙잡아야 하는 거야.

하루 종일 그 일만 하면 돼.

이를테면 호밀밭의 파수꾼이 되는 거야."

J.D. 샐린저(J.D Salinger, 1919~2010)

미국 작가로 폴란드계 아버지와 아일랜드계 어머니(나중에 유대교로 개종) 사이에 태어났고, 『호밀밭의 파수꾼』 주인공 홀든처럼 고등학교 때 퇴학을 당했다. 1949년에 『호밀밭의 파수꾼』을 집필하기 시작해서 1950년 가을에 완성, 1951년에 발표했다. 이 책은 문단에서 격렬한 찬반양론이 일었다. 그리고 작품 속에 나오는 비속어나 혼전 성교, 매춘 등으로 청교도 사고에 익숙한 사람이나 개신교 세력이 강한 주들에서는 금서로 지정될 정도였다. 그는 은둔 생활을 하면서 세상과 담을 쌓다가 2010년 1월 27일, 노환으로 자택에서 세상을 떠났다.

사람에게는 타고난 지랄의 양이 정해져 있다.
어떤 사람은 그 지랄을 사춘기에 다 떨고
어떤 사람은 나중에 늦바람이 나기도 하지만
어쨌거나 죽기 전까지는 반드시 남은 양을 다 써야 한다.
_김두식, 『불편해도 괜찮아』

질풍노도의 시기는 누구에게나 있다

고등학교 2학년으로 185cm의 키에 흰머리까지 있는 주인공 홀든은 지랄 총량이 좀 많은 친구다. 그리고 그 지랄을 사춘기에 떨게 된다. 유복한 가정에서 자라 부족한 것 없이 평범한 학창 시절을 보냄직하지만 펜시고등학교까지 네 번째 퇴학을 당한 녀석이다. 성적 부진으로 퇴학당한 사실이 부모에게 우편으로 통보되기 전, 며칠 동안 뉴욕 거리를 돈키호테처럼 헤매고 다닌다. 질투 때문에 자기보다 덩치 큰 룸메이트와 맞짱을 뜨다 피를 보고, 뉴욕으로 가는 기차에서 동창생의 어머니에게 작업을 건다. 호텔 술집에서 처음 보는 골 빈 여자들과 놀지만, 성인클럽에서는 자기를 알아보는 여자를 피해 나와 버린다. 엘리베이터 보이의 꼬임에 빠져 콜걸을 불렀다가 바가지만 쓰고 폭행까지 당한다. 다음 날 샐리와 만나서는 뜬금없이, 결혼해서 서부로 가서 살자고 해서 여친을 울린다. 술집에서 옛친구를 만나 그의 성생활에 대해 꼬치꼬치 캐물으며 친구의 성질을 돋운다. 친구가 떠나 버리자 세면대 찬물에 머리를 처박고는, 12월 엄동설한에 그대로 센트럴 파크 연못으로 오리를 보러 갔다가 병을 얻는다.

고등학생 신분으로서는 불량할 뿐만 아니라 기행에 가까운 행동을 하는 홀든이지만 실제로 남에게 피해를 주지는 않는다. 아니 피해를 주는 것을 매우 경계한다. 여자들의 술값을 대신 내주고, 호텔 방으로 콜걸을 불러 놓고는 대화만 하려 한다. 수녀에게도 성금을 기부하기도 하고 어린아이의 질문에 친절히 대답을 해주는, 자상하고 여린 마음의 소유자다. 그렇지만 한편으로 결벽증이 있어서 허위와 가식으로 가득 찬 기성세대를 향해 저주에 가까운 혼잣말을 퍼붓고, 권력과 돈으로 좌지우지되는 이 사회에 온몸으로 저항한다. 그러나 정작 그 자신은 필요에 따라 서슴없이 거짓말을 하고 일탈하는 모순을 보여 준다.

　그의 거짓말과 기행이 밉다기보다는 안쓰럽고 안타까운 것은 왜일까? 그의 행위는 외로움에 못 이겨 허우적대는 몸부림이다. 이대로 사회에서 멀어져 가면 죽을 수밖에 없다는 사실을 무의식중에 느끼고 자신을 살려 달라는 구조 신호다. 그 구조 신호를 아무도 알아차리지 못한다. 부모님도 선생님도 동급생도 수녀님도 여자친구도…. 결국 서부로 향하는 죽음의 여행을 계획한다.

지랄 선수에게 찬사를

돈 잘 버는 변호사 아버지 밑에서, 부자 할머니에게 한 해에 네 번씩이나 용돈을 받으며, 아쉬운 것 없는 유복한 가정에서 자라난 홀든이 왜 이렇게 지랄을 떠는지 독자들은 의문을 품는다. 마음만 먹으면 아이비리그 대학에 진학하고 나중에 아버지처럼 변호사가 되거나 교수가 돼서 한평생 잘 먹고 잘살 수 있는 친구다. 이런 금수저가 자기 앞에 펼쳐진 꽃길을 짓밟으며 가시밭길로 방향을 튼다. 무엇이 그를 힘들게 했을까?

주인공의 부모 세대는 1930년대의 공황과 1940년대의 제2차 세계대전을 겪었기 때문에 살아남는 것이 지상 과제였다. 이를 극복하고 종전 후 절대 강자의 위치에 오른, 홀든의 아버지 세대가 살던 미국은 물질적으로 풍요한 시대를 맞는다. 그러나 그들의 자식 세대는 생존을 위한 몸부림도 잘살아 보자는 처절한 목표도 없다. 이미 전쟁의 공포 없이 잘살고 있기 때문이다. 대신 왜 살아야 하는가?라는 삶 자체에 관한 질문에 맞닥뜨리게 된다. 그가 그토록 사랑했던 동생 앨리의 죽음은 이 질문에 깊이를 더한다. 자기보다 50배나 똑똑했던 동생의 죽음에 충격을 받아서, 차고 유리창을 맨주먹으로 몽땅 깨버린 그는 정신감정까지 받는다. 세상에 대한 의문과 함께 주위의 모든 것을 삐딱하게 보게 된 계기가 되었다. 그리고 "자신의 환경이 도저히 제공할 수 없는 것"(276쪽)을 찾는다. 불가능한 이상을 좇다가 결국은 돈·권력·명예를 위해 사는 기성세대의 현실에 반항하고 비판하고, 아파할 수밖에 없었다. 젊은 독자들은 이것을 보고 대리만족을 느끼고 환호한다. 내 고민을 대신 해주고 대신 싸워 주는 선수에게 박수를 보내는 것이다.

호밀밭 속의 어린 동생들을 지켜라

호밀밭은 부모 세대가 이루어 놓은 풍요로운 세상이다. 그러나 거기에 취해서 어린아이들처럼 아무 생각 없이 놀다가 조금만 벗어나면 낭떠러지로 떨어진다. 주인공은 좌충우돌하며 이 낭떠러지를 경험한다. 질투 때문에 끝나 버릴 수 있는 친구 관계, 성적 욕망의 허망함, 자칫하면 훼손될 수 있는 사제 관계, 성매매, 변태, 자기혐오, 과대망상 등 호밀밭을 벗어나면 언제든지 맞닥뜨릴 수 있는 낭떠러지들이 수두룩하다. 홀든은 동생이 낭떠러지가 없는 세상에서 살기를 원하지만, 그런 이상적인 세상은 존재하지 않는다. 대신 지랄을 통해 '어디가 숲인지 어디가 늪인지'를 알려 준다.

초등학생인 여동생 피비에게서 빌린 돈을 되돌려 주기 위해 약속 장소에 나간 주인공은 여행용 트렁크를 끌고 온 피비를 보고 깜짝 놀란다. 그가 가려는 죽음의 여행에 동생이 따라나선 것이다. 학교로 돌아가라고 타이르지만, 동생은 말을 듣지 않는다. 당연하다. 하고 싶은 대로 하는 오빠가 동생에게 이래라저래라하는 것은 씨알이 안 먹히는 얘기다. 도로를 사이에 두고 신경전을 하고 걷던 남매는 놀이공원 내 회전목마라는 변곡점에 이른다.

단 한 사람이라도 나를 바라봐 준다면

회전목마를 바라보다가 홀든은 문득 깨달음을 얻는다. 회전목마를 타는 애들이 공짜로 한 번 더 타기 위해 위험을 무릅쓰고 황금 링을 잡으려고 한다. 어린애들도 풍요로운 호밀밭에서 안주하기만을 원하지는 않는다는 것을 알아차린다. 곳곳에 숨어 있는 낭떠러지를 무서워하거나 불평만 해서는 문제가 해결되지 않는 것이다. 황금 링을 잡기 위해서는 떨어지더라도 위험을 피하지 않고 겪어 내야 한다. 이와 함께 조금 전까지만 해도 학교에 가지 않겠다고 밀당하다가 회전목마를 타며 금세 즐거워하는 천진난만한 동생 피비의 모습에 더없는 행복을 느낀다.

여기에 더하여 소나기라는 침례 의식이 그를 성숙한 인간으로 다시 태어나게 한다. 그렇다! 지랄은 성장통이다. 모두가 외면해도 한 사람만 함께해 주면 극복하고 넘어설 수 있다.

　인간에게 지랄은 피해 갈 수 없는 외나무다리기도 하지만, 사춘기 청소년들은 다리에서 떨어지더라도 아직 어리기에 리셋할 수 있는 특권이 있다. 이 특권을 직접 누리기에는 돈도, 시간도 없는 오늘날의 젊은이들이 간접경험을 하고 성장해 갈 수 있는 소설 『호밀밭의 파수꾼』 일독을 권한다.

Q   내게도 흘든 같던 시절이 있었나?

S   물론이죠~. 저는 서태지와 아이들의 〈교실 이데아〉 세대거든요. 올지 안 올지 모르는 미래를 위해 지금을 희생해야 하는 현실이 싫어서 화가 많이 났었죠. 근데 생각보다 미래가 빨리 오더라고요.

L   물론이죠. 20대 초반에 가출했었어요. 자신을 스스로 돌봐야 한다는 생각에 그전에 있던 우울감이 한 방에 날아갔는데요. 집 나가면 개고생. 그러나 나가야 철이 듭니다.

C   고1 때 조용한 반항 시절이었어요. 아침에 책가방에 교과서만 바꿔 넣고 왔다리 갔다리 하는 생활을 했는데요. 수험 공부 전혀 하지 않고 모든 선생님을 부정적으로 바라봤습니다. 그래도 독서는 했어요.

B   네…, 싸이월드에 기록돼 있어 보기 힘듭니다.

Y   흙수저에게는 사치랍니다.

K   없는 사람이 거의 없을걸요.

P   40대 이후.

전홍희

나에게 책은
유년 시절엔 장난감,
10대엔 친구, 20대엔 방황하는 영혼의 나침반,
30대 이후에는 안식처, 삼시 세끼보다 맛있는 세계이다.
글쓰기라는 또 하나의 세계를 열었다.
어제와 다른 나를 만나는 색다른 맛이 있다.

3

📖 『고리오 영감』
오노레 드 발자크 지음, 임희근 옮김(열린책들, 2018)

성공과 출세의 적정선은 어디까지일까

"자, 이제 파리와 나, 우리 둘의 대결이다."

오노레 드 발자크(Honore de Balzac, 1799~1850)

19세기 프랑스를 대표하는 소설가이자 사실주의 문학의 창시자이다. 발자크는 프랑스 사회와 인간 군상의 전형을 그리고자 했다. 현실 못지않은 완벽하고 활기 있는 세계를 재창조하려는 발자크는 90편의 소설로 구성된 『인간 희극』을 탄생시켰다. 『인간 희극』을 채우는 주요 등장인물과 뼈대를 이루는 생각과 이야기를 『고리오 영감』 속에서 만날 수 있다. 이 책은 그의 방대한 소설 세계를 열어 주는 신호탄 같은 작품이다. 작품 속 주요 두 인물은 눈먼 부성애의 대표 주자 고리오 영감과 성공과 출세의 욕망을 가진 시골 청년 외젠 드 라스티냐크이다.

"고리오의 마음속에는 부성애라는 감정이
점점 더 발달해서 이성을 잃을 정도가 되었다.
죽음으로 깨져 버린, 아내에게 쏟던 애정을
두 딸에게 옮겨 쏟아부었다."

눈먼 부성애의 말로

제면 공장 노동자였던 고리오 영감은 제면 공장을 인수 운영하여 막대한 돈을 모은다. 일찍 아내를 여읜 후 두 딸을 상류사회의 자녀처럼 키우고 교육하느라 많은 돈을 들인다. 또한 두 딸 중 첫째는 귀족, 둘째는 재력가와 결혼할 때 재산의 절반에 해당하는 지참금을 사용한다. 딸이 결혼한 후에도 화려하고 사치스러운 파리 상류사회의 생활 비용으로 막대한 돈을 지출한다. 빈털터리가 된 고리오 영감 본인은 정작 보잘것없는 하숙집에 산다. 급기야 딸의 사교 생활에 필요한 유지비를 대주느라 하숙방에 고이 보관해 온 마지막 남은 은제 식기마저 판다. 두 딸은 상류사회에 아버지라는 존재가 나타나는 것이 껄끄러워 그에게 돈을 받을 때 이외에는 만나지 않는다. 심지어 고리오 영감의 돈을 가지고 두 딸이 싸우자 충격으로 고리오 영감은 상심하여 병이 난다. 두 딸은 영감이 임종했다는 소식을 전해 듣고도, 그가 죽은 후 묘지에 안장될 때까지 나타나지 않는다.

고리오 영감을 바라보는 마음은 여러 갈래이다. 내가 가진 모든 것을 다 주어서라도 자녀가 행복하다면 나는 어떻게 되어도 괜찮다고 하는 아버지의 심정을 헤아려 본다. 딸을 그리워하면서도 마음대로 실컷 보지 못하고 결국 쓸쓸하게 죽는 고리오 영감이 애석하다. 어느 누가 아버지의 희생과 애정을 이러쿵저러쿵 말할 수 있으랴. 자식을 위해서는 목숨도 아깝지 않게 내놓을 수 있는 사람이 부모 아닌가. 자식을 기르면서 대가를 바라는 부모가 얼마나 있으랴. 그러나 모든 것을 내려놓고 오직 딸을 그리워하는 마음뿐인데 딸에게 아버지의 죽음조차도 외면당하고 있으니 안타깝고 가엽다. 죽어 가면서 헛소리로 통탄하는 고리오 영감의 부성애가 쓸쓸하다.

다른 한편으로 고리오 영감 본인의 욕망을 자녀에게 얻으려고 하는 것은 아닌가 여겨진다. 노동자인 그가 상류사회로 진출하고 싶은 욕망을 실현하기 위해, 자녀에게 끊임없이 비용을 대준 듯하다. 즉, 자녀를 통해 대리만족을 느낀 것이 아닐까. 딸에게 하층민인 노동자의 딸이 아니라 상류층의 귀족 부인이라는 호칭을 계속 유지할 수 있게 해주고 싶었을 것이다. 그러나 결과는 사위와 딸이 그를 부끄럽게 여겨 제면 공장을 그만두라는 소리를 듣게 되니 천 갈래 만 갈래로 찢어진, 상처받은 마음뿐이다. 돈으로 딸을 행복하게 해줄 거라 여겼는데 돈은 다 날아가고, 딸에게 부정당하는 고리오 영감의 말로가 비참하다.

성공과 출세에 목마른 청년의 도전

여기 성공과 출세에 목마른 시골 청년, 외젠 드 라스티냐크가 있다. 프랑스 파리로 상경하여 고리오 영감과 같은 하숙집에서 지낸다. 그는 시골에서 부모와 두 여동생이 힘겹게 포도 농사를 지으면서 겨우 마련한 생활비로 파리대학에서 법률 공부를 한다. 하지만 대학 공부는 뒷전으로 미루고 상류사회의 일원으로 끼어들어 출세의 발판을 다지고자 한다. 때맞추어 상류사회의 일원인 고리오 영감의 두 딸을 알게 된다. 그녀들을 통해 상류사회에 진출하려고 관계 맺기에 열정을 쏟는다. 고리오 영감은 순진한 시골 청년이 딸과 연인이 되면 딸을 더 수월하게 볼 수 있을 것 같아서 외젠을 도우려 애쓴다. 그러나 재수가 없는 놈은 뒤로 넘어져도 코가 깨진다더니, 두 딸이 돈 문제로 싸우자 외젠의 뒤를 돌봐 줄 고리오 영감이 쓰러진다. 고리오 영감이 회복하지 못하고 비참하게 죽어 가는 것을 보는 외젠은 한 푼 없는 빈곤한 상황인데도 오히려 돈을 마련하여 그가 치료받게 하고, 또 임종을 지키며 장례를 치러 준다.

"그는 무덤을 바라보다가 그곳에 청춘의 마지막 눈물을 묻어 버렸다.
순수한 마음의 거룩한 감정에서 우러나온 눈물,

떨어진 그 땅에서 다시 샘솟아 하늘까지 향하는 그런 눈물이었다."

순수한 마음의 눈물을 씻어 내린 외젠은 이제 더는 세상 물정 모르는 어리숙한 풋내기 청년이 아니다. 그동안 사교계의 만남으로 교훈을 얻었고 하숙집에 있는 다양한 사람들의 면면을 통해서 어떤 영향에도 휩쓸리지 않을 만큼 성장했다.

"자, 이제 파리와 나, 우리 둘의 대결이다."

소설은 사교계 진출에 눈을 떠서 파리와 한 판 맞짱 뜰 기세인 청년의 외침으로 끝난다. 욕심을 부추기고 야망을 키우고 에너지를 뿜어내는 시대의 한복판에서 사회 주류에 편입되고, 나아가 고위층으로 도약하고 싶어 하는 외젠이다. 그가 어떻게 야심을 펼칠지 자못 궁금하다. 누군가는 시골 청년이 상류사회로 입성하여 날개 단 듯 성공하기를 염원할 터이고, 다른 누군가는 청춘의 시간이 허망한 욕망에 이끌려 헛된 꿈으로 날아갈 수도 있음을 염려할 터이다.

성공과 출세는 여전히 현대 사회에서 인간에게 커다란 목표이자 목적이다. 자신의 성공 아니면, 자녀의 성공에 목말라한다. '돈이 많으면 행복한가?'에 대한 대답으로 고리오 영감의 행적이 대변해 주고 있다. 돈 많고, '상류사회에 몸담아 행세하면 행복할까?' 그에 대한 대답은 고리오 영감의 두 딸이 보여 주고 있다. 성공과 출세의 번민은 이제 막 사회에 진출한 외젠이 보여 준다. 『고리오 영감』에서 나타나는 다양한 인물의 모습은 현재에도 큰 울림을 준다. 그들의 행적을 한번 살펴보고, 욕망의 적정선이 어디까지인지 생각하고 경계 지을 일이다.

무영

읽고 쓰고 하면 조금은 가벼워질 줄 알았습니다.
따뜻한 사람들과 함께 이야기하면서
가을에서 겨울을 지나 무거운 외투를 벗듯
시간을 내려놓고 있습니다.

4

『달과 6펜스』
윌리엄 서머싯 몸 지음, 송무 옮김(민음사, 2021)

한 번은 선택해야 한다

✒

"자기가 바라는 일을 한다는 것.

자기가 좋아하는 조건에서 마음 편히 산다는 것.

그것이 인생을 망치는 일일까?

그리고 연 수입 1만 파운드에 예쁜 아내를 얻은

저명한 외과의가 되는 것이 성공일까?

그것은 인생에 부여하는 의미, 사회로부터 받아들이는 요구,

그리고 개인의 권리를 어떻게 생각하느냐에 따라

저마다 다를 것이다."

윌리엄 서머싯 몸 (William Somerset Maugham, 1874~1965)

영국의 현대 소설가. 프랑스에서 태어나 런던에서 의학교를 졸업 후 의사 생활을 하다가 의사직을 포기하고, 작가의 길을 걸었다. 주요 작품은 소설 『인간의 굴레』, 『달과 6펜스』, 『면도 날』 등과 산문집 『서밍 업』 등이 있다.

40세의 가을, 다른 삶을 꿈꾼다

런던의 성실한 주식 중개인 '찰스 스트릭랜드'는 40세쯤 되던 어느 가을날, 가족과 직업을 모두 버리고 그림을 그리겠다면서 파리로 도망쳤다. 그 후 5년, 파리에서 우연히 만난 그는 곤궁한 생활에도 계속 그림을 그렸다. 동료 스트로브가 그의 재능을 알아보고 후원하였고, 중병에 걸린 그를 자기 집으로 데려가 살려 냈지만, 스트로브 부인의 희생에도 오로지 그림만 그리던 스트릭랜드는 어느 날 홀연히 파리를 떠났다. 아주 오랜 시간이 흐른 후, 우연히 타히티섬을 방문한 작가는 스트릭랜드가 원주민 아내와 가족을 이루고 마지막 예술혼을 불태우다 사망했다는, 전설 같은 이야기를 여러 사람에게 전해 들었다. 말년에 한

센병에 걸린 채 대작이 그려진 오두막을 불태우라는 유언을 남기고 사라진 그를, 후세 사람들은 명망 있는 화가로 칭송한다.

작가가 런던에서 처음 본 스트릭랜드는 아내와 두 자녀를 둔 평범한 중산층 가장으로 과묵한 사내였다. 파리로 도망친 그를 찾아갔을 때는 자신의 예술을 위해 모든 것을 내팽개치고도 뻔뻔한 남자였다. 그리고 5년 후에 다시 만났을 때는 아무것도 이룬 것 없이 그림만 그려 대는 보잘것없는 고집쟁이였다. 다행히 스트로브 같은 친구가 있어 살아는 있지만, 왜 그렇게 사는지 이해할 수도 없고 설명하지도 않는, 구제 불능 인간이었다.

그런 남자가 왜 처음부터 화가의 길로 나가지 못한 걸까. 식민지 확대와 함께 성장하는 금융직이 건실한, 중산층 청년이 택할 수 있는 가장 유망한 직업이 아니었을까. 그렇지만 그가 40쯤 되었을 때 대륙에 전운이 돌며, 금융시장에서의 성공에 한계를 느꼈을 수도 있다. 거기에 상류층 생활을 꿈꾸는 아내와 두 자녀가 주는 중압감에 탈출 욕이 생겼을지도 모른다. 어쩌면 그림을 그린다는 것은 핑계일 뿐, 끝없이 도망치며 궤변을 늘어놓는 낙오자의 모습이었다. 그런데 묘하게도 끌리는 부분이 있고 잠시라도 대화를 이어 가다 보면 현실을 떠난 그의 세계에 동화된다. 지금, 이 순간에도 생활의 압박에서 벗어나 해방을 꿈꾸는 많은 사람은 이 사내에게 무언의 공감을 표하며 그의 삶을 동경할 수도 있다.

스트릭랜드와 여인들

잠재된 예술혼을 따라 시작된 그의 새 인생은 영혼의 안식을 찾아 계속 도피했다. 도피 단계마다 아이러니하게도 그가 만나는 여인들과 얽혀 있다. 런던의 스트릭랜드 부인은 결혼 생활 17년 동안 그가 제공하는 경제적 안락함 속에 살았다. 문화계 인사들과 교류하며 교양 있는 귀부인 행세를 했다. 돈 한 푼 안 남기고 도망간 남편을 증오하지만, 후일 그가 천재적 화가로 명성을 얻게 되자 과거를 포장하는 속물적 모습을 보인다. 그런 부인에 대한 실망이 런던을 떠나 파리로 도망간 이유일 수도 있다.

파리에서 그에게 헌신한 스트로브 부인은 인생에 상처가 많은 여인이다. 그녀는 처음에 무례한 스트릭랜드를 겁냈지만 그를 간호하다가 모델이 되고, 그를 진정으로 사랑하게 된다. 스트릭랜드는 스트로브를 쫓아내고 아파트를 차지했지만, 사랑을 갈구하는 그녀를 경멸하며 학대했다. 그녀는 자살로 생을 마감했고, 이 비극은 스트릭랜드가 파리에서 타히티로 도피하게 되는 계기가 되었다.

타히티에서 호텔을 운영하는 티아레 부인은 문명 세계와 원시를 연결하는 고리였다. 그녀는 남편을 수차례 갈아 치웠지만, 철저히 자신의 의지로 사는 여성이다. 부두에서 잡일이나 하는 스트릭랜드를 알아보고, 원주민 여인 아타를 소개하여 그녀가 소유한, 원시림 속 오두막으로 들어갈 수 있게 한다. 원주민 아타는 그에게 아무것도 요구하지 않는 여자였다. 마지막 3년 동안 묵묵히 그의 곁을 지키며 그림에 몰두할 수 있게 했다. 스트릭랜드는 드디어 작품이라 할 만한 그림을 남기고, 한센병으로 죽는다. 끝까지 충실했던 그녀가 오두막에 그려진 벽화를 불태우는 장면은 상상만으로도 거대하게 다가왔다.

스트릭랜드 본인은 여성들이 주는 사랑을 혐오하거나, 속물적이라고 폄하하며 부담스러워했다. 사랑이란 감정에 대해 경멸하거나 여성을 학대하기도 했지만, 그의 인생의 변곡점에는 항상 여성들이 있었다. 그렇게 모순적인 삶을 살아간 그는 어떤 식으로도 칭찬받기 어려운 인간이다. 우연히 발견된, 그의 작품은 원주민 여인 아타의 헌신과 배려 속에 탄생하였다. 스트릭랜드에 관한 평가나 후일담은 그의 뒤에 가려진 여인들이 남긴, 삶의 결과이기도 하다.

선택에 따른 책임은 누구 몫인가

타히티에 도착한 작가는 호텔 주인 티아레 부인에게 의학교 친구 '아브라함'의 일화를 들려준다. 아브라함은 유명한 의사의 길을 버리고, 변방에 사는 소시민으로 인생의 배경을 변화시킨 친구였다. 그는 우연히 방문한 알렉산드리아의 풍광과 순박한 사람들에게 반하여 거기에 정착했지만 인간 자체는 변하지 않았다. 타인의 시선에서 보면 이해할 수 없는 선택이었고 부족해 보이는 삶이지만, 스스로 만족하고 후회 없는 삶을 살고 있다고 한다. 이 친구 이야기는 영국에서 와서 타히티에 정착한 티아레 부인을 위한 이야기이지만, 자신의 선택으로 다른 사람들을 희생시킨, 스트릭랜드와 대비된다. 또한, 부인이 자살한 이후 화가가 되겠다는 꿈을 포기하고, 고향 네덜란드로 돌아간 스트로브를 생각하면 더욱 스트릭랜드가 원망스럽다. 화가로서 성공

가능성은 부족하지만, 타인의 재능을 존중하고 어려움에 빠진 사람을 돕는, 따뜻한 청년 스트로브가 꿈을 포기하고 선택한 삶을 조금은 이기적으로 살았으면 좋겠다.

스트릭랜드의 불꽃처럼 태워 버린 생애 사이에 끼어든 주변 인물들의 인생 또한 하나하나 선택의 의미가 있고, 누군가 책임져야 한다. 어떤 선택을 하더라도 인간 자체는 변하지 않는다. 무엇을 하며 살까도 중요하지만 어떤 태도로 사는지가 더욱 중요하다.

매일 좌절하고 상처받는 현대인들은 자신이 진정으로 하고 싶은 것이 무엇인지 고민하며, 언젠가는 한번 해보고 싶어 한다. 대부분 처음에 한 선택은 먹고 살 걱정 때문에 이루어졌다. 부모의 영향이 큰 경우도 있고, 성공의 압박에 시달리기도 하지만, 어느 순간이 오면 인생의 의미를 되새기며 우울해진다. 그것이 명예퇴직이 아니라 잃어버렸던 어린 시절의 꿈이라면 다행이다. 자아실현 욕구를 충족할 수 있다면 그보다 더 큰 행복이 있겠는가. 다만 꿈을 이루기 위해서 다른 무엇인가를 희생해야 하거나 지금까지 해온 것보다 더욱더 노력해야 한다면, 그 꿈 앞에서 어떤 선택을 해야 할까?

영원히 사라지지 않을 이야기

세속적인 모든 것을 버리고, 모든 재능과 영혼을 불태워 불후의 명작을 남긴 사람의 이야기는 언제나 감동적이어서, 지금 바로 타히티에 있는 원시림으로 떠나고 싶게 한다. 그렇지만 영원히 떠날 수 없다. 도시가 만들어 준 시스템을 버리고 혼자 살수는 없다. 가진 것이 너무 많으므로 선택이 더 어렵다. 불행한 화가 '폴 고갱'의 최후 또한 그렇게 행복하지는 못했다. 그런데도 작가의 시선으로 포장된 이야기들은 우리에게 안식을 준다.

서머싯 몸이라는 훌륭한 이야기꾼의 작품은 의미를 찾기 이전에 재미가 있다. 이 작품을 한 번 읽을 때는 스토리를 따라가지만, 다시 읽으면 안 보이던 배경이 보이고, 주변의 인물들이 살아난다. 그들이 나누는 대화는 읽을 때마다 다른 의미로 다가온다. 청소년 권장 도서로 처음 읽었던 작품을 인생의 굴곡마다 다시 읽으며, 도피가 아닌 꿈을 되새긴다. 그렇게 다시 밑줄을 그으니 이젠 이 책에 빈 곳이 없다.

Q 나의 삶은 '달 vs 6펜스' 어느 쪽인가?

S 표리부동(생각은 달, 행동은 6펜스).

C 달. 왜냐하면 '하고 싶은 일만 한다, 즐거운 일만 한다, 할 수 있는 만큼만 한다, 억지로 하지 않는다.'가 제 신념이니까요. 그리고 잠잘 수 있는 한 평 공간, 가릴 수 있는 의복, 하루 두 끼 정도에 만족하면서, '하고 싶은 일만 하고 산다.'라는 거창한 꿈을 꿉니다.

L 이미 결론 날 정도로 살았습니다. 자유 없인 못 살아요. 6펜스는 손에 쥐려 하면 할수록 도망가더라고요. 돈이 나를 따라오게 하는 게 정답 같습니다. 페포파립일지언정 달빛 보고 커피 마시면서 살렵니다. 술을 못마시므로! 그 덕분에(?) 남편은 나 때문에 고생해요. 이 자리를 빌려 새삼스레 고마움을 전합니다.

B 달 60%, 6펜스 40% 정도?

P 6펜스!

박혜나

35년간 주부로만 살았다.
책을 읽고 글을 쓰면서 나의 부끄러움을 마주했다.
이제는 무엇이든 할 수 있다는 희망을 얻었다.
새로운 도전으로 내 삶을 그려 본다.

진정한 부끄러움

"6월 어느 일요일 정오가 지났을 무렵,
아버지는 어머니를 죽이려고 했다.
그 일은 도덕적 판단을 내릴 수 없는 사건이었다.
나를 사랑하는 아버지가 나를 사랑하는 어머니를
제거하려 했던 것이다.
어디에도 잘못은 없고 죄인도 없었다.
다만 나는 아버지가 어머니를 죽여서
감옥에 가는 사태를 막아야만 했다."

아니 에르노(Annie Ernaux, 1940~)

1940년 프랑스 릴본에서 소상인 부부의 외동딸로 태어나 노르망디 이브토에서 유년기를 보냈다. 루앙대학교와 보르도대학에서 현대 문학을 공부한 후 교원 자격증을 취득해 중·고등학교에서 아이들을 가르쳤으며 이후 문학 교수를 역임하기도 했다. 1974년 자전 소설 『빈 장롱』으로 등단 후 자신의 체험을 기반으로 한 작품들을 꾸준히 발표해 왔다. 자전적 글쓰기를 통해 사회의 금기들을 날카롭게 관찰하고 이를 해방하려 노력해 온 작가로 인정받으며 2022년 노벨 문학상을 받았다.

"6월 어느 일요일 정오가 지났을 무렵,
아버지는 어머니를 죽이려고 했다.
어두컴컴한 지하실에서 아버지는 어머니의 어깨인지
목덜미인지를 틀어쥐고 있었다.
아버지 손에는 나무둥치에 박혀 있던 전지용 낫이 들려 있었다.
지금 기억나는 건 울음소리와 비명뿐이다. 아버지는 '넌 왜 울어,
내가 너한테 무슨 짓을 했다고.'라는 말만 되풀이했다.

혼자서는 안 읽었을 책들

그때 내가 대꾸했던 한마디가 기억난다.

'아빠가 내 불행을 벌어 놓은 거야.'"

프랑스 작가 아니 에르노의 『부끄러움』은 그녀가 열두 살에 하층 노동 계급인 부모님을 떠나 기독교 사립학교에 입학하면서 경험한, 계급 사이의 간극을 솔직하게 회고한 작품이다. 이 자전적인 글은 '6월 어느 일요일 정오가 지났을 무렵, 아버지는 어머니를 죽이려고 했다.'라는 다소 충격적인 문장으로 시작하는데, 이 문장으로도 우리는 제목 '부끄러움'이 가진 의미를 유추해 볼 수 있다.

가장 안전한 울타리가 되어야 할 가정에서 목격한, 아버지의 폭력은 그녀가 어떠한 상황에 놓여 있는지 짐작할 수 있게 해 준다. 하층 노동 계급에서 무엇보다 중요한 것은 하루하루 입에 풀칠하며 먹고사는 일이다. 고된 일상에는 예의나 교양이 끼어들 틈이 없다. 거칠고 몰상식해 보일 수 있는 상황들이 그들에게는 일상인 것이다. 따라서 그녀가 부모에게서 부끄러움을 느낀 것은 이상한 일이 아니다.

"개학일마다 깨끗한 교복을 입고, 예쁜 기도서를 들고,

어디서나 1등을 하고 기도문을 줄줄 외웠다.

그렇지만 나는 더 이상 다른 여학생과 같지 않았다.

나는 보지 말아야 할 것을 보고 만 것이다."

이제 그녀는 가족에게 학교에서 배우는 교양을 기대할 수 없다는 것을 제대로 인식하게 된다. 이러한 인식은 그녀가 속한 노동자 계급에 대한 시선과도 맞닿아 있다. 아무리 사립 학교에서 훌륭한 성적으로 자신을 증명해 내어도 결국 그녀가 돌아갈 곳은 부모의 폭력이 되풀이될까 두려워해야 할 하층 계급의 일상인 것이다.

가난했던 어린 시절이 남긴 슬픈 기억들은 특별하지 않은 것으로 치부되곤 한다. 나 역시 교육받지 못한 부모와 가난한 집안 환경이 주는 부끄러움을 당연하게 느끼며 자랐다. 좋은 성적에도 불구하고 경제적인 문제로 내 인생의 꿈도 바꿀 수밖에 없었다. 그로 인해 느낀 절망감은 내 삶에 오래도록 영향을 미쳐 왔다. 그리고 그것을 솔직하게 말하는 것이 가난보다 더 부끄럽게 여겨지던 날도 많이 있었다. 왜냐하면 가난해도, 천박해

도 나의 부모이고 또 가족이기 때문이다. 존재의 뿌리를 부끄러워하는 것은 가난보다도 더 부끄러운 일이라는 생각이 내 머리에서 떠나지 않았다.

되돌아보면 그 부끄러움이 모두 부정적인 방향으로 흘렀던 것만은 아니었다. 가난에서 벗어나고 싶어서 부단히 노력했다. 그 과정에서 환경에서 주어진 한계 말고도 나 자신에게 부족한 부분 역시 발견하게 되었다. 그 때문에 또 다른 좌절감과 열등감을 맛보기도 하였지만, 거기서 멈추지 않았다. 아마 나뿐만 아니라 많은 사람이 그러할 것이다.

요즘도 가난은 부끄러운 것으로 치부된다. 오히려 물질적으로 풍요로워졌기에 상대적으로 그렇지 못한 환경을 부끄럽게 여기는 풍조가 더욱 만연한 것 같다. 과거보다 더욱 세부적으로 계층을 나누고 어떻게든 타인보다 우위에 서서 만족감을 느끼며, 자존감을 채우는 사람들을 드물지 않게 만날 수 있다. 진정으로 부끄러워해야 할 것은 외적 풍요만 좇는 사람들의 내적 빈곤일 것이다. 그러나 우리는 여전히 눈에 보이는 것들에 속아 서로가 가진 내면의 부끄러움은 외면하고 있다.

나는 이제 가난해서 많은 것들을 포기해야만 했던 지난 시절에 부끄러움을 느끼지 않는다. 그것은 시간이 지나 내가 그 기억을 모두 극복했기 때문이라기보다는 이제 어른으로서 가정과 사회에 어떠한 환경을 만드는 입장에 서 있다는 것을 깨달았기 때문이다. 책 속의 열두 살 아이가 느낀 절망감이 다시금 나에게 미약하게나마 어떠한 책임감을 불러일으키면서, 사회에서 나의 역할을 고민하게 한다.

Q '부끄러움'이란 무엇인까요?

S 부끄러움은 지우고 없애야 한다고 믿었어요. 그런데 에르노가 제 생각을 바꿨어요. 더 들여다봐도 되는 영역으로 여기기로 했습니다.

B 나의 부끄러움은 대부분 열등감에서 나온다. 숨길수록 티가 나고, 인정하면 앞으로 나아갈 힘이 되기도 한다.

C 욕심부리지 말자면서도 욕심낸 내 모습이 보일 때, (남들 모르게) 스스로 부끄러워진다. 부끄러운 마음을 들여다보고 성찰한다.

P 남을 흉보는 나를 볼 때 부끄러움을 느낀다.

L 무엇을 부끄러워해야 할지를 모르는 것. 후안무치. 얼굴에 철판 깔고 사는 것.

K 초등학교 때 교실에서 쉬한 것(용기가 없어서 화장실 가겠다는 얘기를 못 함).

이영미

산과 들, 바다 등 자연에 들었을 때 살아있음을 느낀다.
책, 작은 풀꽃, 곤충, 새, 초록빛을 좋아한다.
내게 빛이 있다면 모두 그것들에서 온 것이다.
자연에서 받은 선한 에너지를 사람들과 나누고 싶다.

📖 「필경사 바틀비」
허먼 멜빌 지음, 공진호 옮김(문학동네, 2011)

실존은 본질에 앞선다

✒

"하지 않는 편을 택하겠습니다."

밥의 냉정한 세계

김훈 작가는 '밥벌이의 지겨움'을 이렇게 말한다.

"모든 밥에는 낚싯바늘이 들어 있다.

밥을 삼킬 때 우리는 낚싯바늘을 함께 삼킨다.

그래서 아가미가 꿰어져서 밥 쪽으로 끌려간다.

저쪽 물가에 낚싯대를 들고 앉아서 나를 건져 올리는 자는

대체 누구인가? 그자가 바로 나다.

이러니 빼도 박도 못하고 오도 가도 못한다.

밥 쪽으로 끌려가야만 또다시 밥을 벌 수가 있다."

밥의 세계는 냉정하고 준엄하다. 거기에는 체면도 인내와 같은 미덕도 통하지 않는다. '양상군자'란 말도 '목구멍이 포도청'이란 속담도 그것을 드러낸다. 밥은 나의 손발이 꽁꽁 묶인 상태가 아닌 다음에야 반드시 대가를 지불하고 취해야 한다. 꼭 화폐를 매개하는 관계가 아니어도 산 입에 거미줄 칠 수 없으니, 응당 우리는 밥을 주는 존재에게 납작 엎드리거나 비위를

거스르는 싫은 소리를 못 한다.

「필경사 바틀비」는 허먼 멜빌이 1853년에 쓴 단편작이다. 『모비 딕』, 『빌리 버드』와 함께 멜빌의 3대 걸작 중 하나이며 20세기 중반에 미국 고등학교 교과서에 수록되기도 하였다. 2001년 영화로도 상영되었으며 짧은 글임에도 글 속에 내포된 함의는 길이의 몇 곱절을 넘나든다. 자본주의가 가진 인간 소외나 계급 갈등 문제, 가진 자들의 위선, 진정한 자유란 어떤 것인지, 책을 어떤 관점으로 읽느냐에 따라 다양한 해석이 가능하다. 당시 미국 월가의 모습이 잘 드러나지만, 고도화된 자본주의에서 인간관계가 파편화되는 요즘에 오히려 가치가 돋보이는 책이다.

이 책은 성공한 변호사가 화자로 등장해서 본인의 이야기를 시작한다. 변호사 사무실에 필경사로 고용된 바틀비는 자신의 주어진 임무를 정직하게 수행한다. 근무 3일째 되는 날, 바틀비는 함께 일하는 터키, 니퍼, 진저 너트 등과 함께 자신이 쓴 필사본을 검증하기 위해 서류를 대조하는 작업을 요구받는다. 이에 바틀비는 '안 하는 편을 선택하겠습니다(I WOULD PREFER NOT TO).'란 말로 거절 의사를 표한다. 이 사건을 계기로 바틀비는 사무실에서 쫓겨나고 결국 툼스구치소로 보내져 그곳에서 사망한다. 나중에 변호사인 나(화자)는 바틀비가 사서(死書)를 취급하는 우편 취급국 하급 직원이었는데 관련 행정기관에 변경되는 게 있어 갑자기 해고당한 사실을 알게 된다.

하지 않는 편을 선택하겠습니다

2011년 미국에서 1,000여 명의 시위대는 '월가를 점령하라.'라고 외쳤다. 1%의 세계 거대 금융 자본을 쥐고 흔든 자들은 더 큰 부자가 되었고, 99%에 해당하는 나머지 사람들은 가난 쪽으로 더 밀려났기 때문이다. 양극화는 바틀비가 살던 19세기나 21세기인 지금도 여전하다. 여전히 월가는 자본주의적 탐욕이 실현되고 가진 자들의 욕망이 첨예하게 부딪히는 곳이다.

허먼 멜빌은 월가로 대표되는 야수적 자본주의 현실을 살아가는 바틀비를 통해 비정규직 단순노동자의 모습을 투영한다. 그리고 가진 것은 없지만 어떻게 인간의 존엄성을 지켜야 하는지, 억압과 물질에서 어떻게 자유로워지는지를 이야기한다.

월가의 사무실 한 귀퉁이, 그곳은 사방이 벽돌로 막힌 공간이다. '낮에는 사람들이 북적거리지만, 밤이 되면 공허와 고독만 남는 공간', 거기에서 바틀비는 필경사로 일한다. 필경사는 지금으로 말하면 인간복사기에 해당한다. 서류를 베껴 쓰는 단순 업무직 저임금 노동자이다. 이곳에서 그는 서류를 베껴 적는 인간복사기, 그 이상도 이하도 아니다. 시시껄렁한 업무를 담당하는 바틀비가 '적은 양의 문서를 검증하는' 자신의 업무 이외의 일은 하지 않겠다고, 고용주에게 선언하는 순간은 무모하면서도 통쾌하다. 일을 거부하는 순간 그는 바로 사무실에서 무용한 존재가 될 것이다.

사람들 대부분은 그것이 무섭다. 나의 입에, 혹은 가족의 입에 넣어 줄 밥이 없는 상황이 오는 것. 무용한 인간으로 낙인찍히는 일. 그것은 불안과 죽음의 세계이다. 누가 그 세계를 감당하고 싶겠는가! 그래서 천 개의 페르소나를 갖고 산다. 힘과 권력을 가진 자의 눈에 들게 노력하고 변명하며 가장(假裝)하고 아첨한다. 친절하고 미소가 떠나지 않는 나, 노래 부르는 것이 죽기보다 싫으나 인사권을 쥔 부장님 앞에서 탬버린을 흔들며 간드러진 목소리로 〈막걸리 한잔〉을 부르는 나, 부당한 처사에 '아니요, 싫어요' 대신 억지 춘향이 되어 '예'하는 나로 가면을 쓴다. 내가 원하는 진정한 나로 살기는 낙타가 바늘구멍으로 들어가는 것만큼 어렵다.

자신의 '밥줄'인 필사를 하지 않는 편을 선택하겠다는 바틀비. 그 지점에서 그는 가장 용기 있고 자유로운 인간이 된다. 굶어 죽을지언정 밥의 치사함에 굴복하지 않는 인간. 그래서 그는 밥과 죽음을 동시에 뛰어넘는 실존적 인물이다.

자신이 생각한 바를 그대로 말하고 행동으로 보여 주는 사람들은 순수하다. 사회는 이런 타입의 사람들을 환영하지 않는다. 싫은 것을 싫다고 말하고 틀린 것을 틀렸다고 당당히 말하며 바로 행동하기 때문이다. 그들은 기득권을 쥔 자들의 세계에 균열을 낸다. 사회는 그들을 사회성 부족이나 이기적인 사람으로 낙인찍는다.

바틀비와 뫼르소 혹은 예수

구치소에서 밥을 거부한 채 죽음을 맞이한 바틀비의 모습은 나자렛 사람 예수, 혹은 『이방인』의 '뫼르소'와 닮았다. 뫼르소는 햇살이 번쩍여 아랍인을 죽였다고 이야기했으나 권력을 쥔 재판관이나 신부는 그것을 믿지 않는다. 어머니의 장례식장에서 눈물을 보이지 않았고 담배를 피웠기 때문에 그는 오만불손하고 패륜적이며 살인도 능히 저지르는 인물이 되어 버렸다. 살인의 동기도 애매하거니와 그것과 어머니의 장례식과는 상관없는데 사회적 편견을 덧붙여 마땅히 살인을 저지를 사람으로 그를 재단해 버린 것이다. 세상의 무수한 해석들에 그는 구차하게 삶을 구걸하느니 교수형 대에 매달리는 것을 선택한다. 그리고 자신의 사형 집행일에 많은 사람이 와주기를 바란다. 그는 가장 편안한 마음으로 사형 집행일 바로 전날 밤잠을 청한다.

예수 또한 자기 입으로 '유대인의 왕'이라고 결코 말하지 않았다. 그러나 그의 죄목은 유대인의 왕으로 자처하고 백성들을 혹세무민했다는 거였다. 예수가 백성들에게 설파한 것은 권력자였던 바리새인들의 위선과 가난한 백성을 억죄는 규율의 부당성이었다. '유대인의 왕'(INRI)은 바리새인들이 그에게 덧씌운 죄명이었을 따름이다. 그는 죽음을 피할 수 있었음에도 십자가에 매달리는 선택을 한다. 저들이 무슨 짓을 행하고 있는지 자신의 죽음을 보고 깨달으라는 의미다.

아무 죄도 없는 바틀비를 결국 구치소에 넣어 버린 사람들. 그리고 자신의 선행을 돋보이게 사식을 넣어 주는 위선적인 변호사는 바틀비가 밥을 거부하고 죽음을 향해 간 이유를 끝내 모른다. 예수, 뫼르소, 바틀비의 죽음은 순교에 가깝다. 부조리에 대한 항거이다. 죽음으로, 존재가 아닌 자신이 행한 역할, 직업으로 대접받는 사회에 경종을 울린다. 월가에서 바틀비는 존엄한 존재가 아니라 인간복사기였고, 수취인 불명 편지이기도 했다. 받을 사람이 없어 불태워지는 존재였던 것이다.

끝나지 않은 희망과 사랑

"안마당은 쥐 죽은 듯 조용했다.

일반 수감자들에게는 접근 금지 구역이었다.

굉장한 두께로 둘러친 벽은 밖에서 들려오는 모든 소리를 차단했다.

그 석조 건물의 이집트적인 특징이 음울하게 나를 내리눌렀다.

그러나 발아래는 푹신한, 감금된 잔디가 자라고 있었다.

그것은 영원한 피라미드의 심장인 듯했다.

새들이 떨어뜨린 잔디씨가 알 수 없는 마법에 의해

갈라진 틈새로 돋아난 것이다."(90쪽)

'피라미드' 같은 무덤 속 세상에 '잔디의 씨' 같은 희망과 사랑을 던지는 일. 바틀비는 죽음을 통해 그것을 말한다. 돈의 유혹과 권력 앞에서 '하지 않는 편을 선택하겠습니다.'란 말은 자기를 사랑하지 않으면 나올 수 없는 말이다. '하지 않는 편을 선택하겠습니다.'라고 용기 있게 말하자. 시작이 어렵지 한 번이 두 번, 세 번이 될 것이고 당신은 이전보다 자유롭고 당당하고 멋진 사람으로 변모될 것이다.

자아실현이나 즐거움이 아니라 몇 푼의 돈 때문에, 일에 얽매여 굴욕적인 삶을 산다고 느낀다면 「필경사 바틀비」를 읽기 권한다. 영어에 자신 있는 사람들은 원서로 일독할 것을 권한다. '하지 않는 편을 선택하겠습니다(I WOULD PREFER NOT TO).'라는 문장은 번역보다 원서로 읽을 때 훨씬 더 많은 뜻을 함의하기 때문이다.

김지훈

눈이 부시게 푸르른 젊은 날들도 있었지만
'가지 않은 길'에 대한 미련으로 밤잠을 설칠 때도 있었지요.
60이 넘어 인생의 짐을 조금 덜어내고
그 길의 굽어진 데까지만이라도 가볼 용기를 내었습니다.

레니나의 이루어질 수 없는 사랑

✒

"그가 감히? 그 흉한 손으로 감히 모독할 수 있을까...

천만에, 그는 신성모독을 감행할 수 없었다."

올더스 헉슬리(Aldous Leonard Huxley, 1894~1963)

영국 출신의 작가로 할아버지와 형, 동생이 저명한 생물학자다. 이튼칼리지를 졸업하고 의학도가 되려 하였으나 점상 망막염을 앓고 3년간 시각장애인으로 지낸 이후로 의사의 꿈을 접고, 옥스퍼드대학교에 진학하여 영문학도가 되었다. 1916년 『불타는 수레바퀴』로 데뷔한 이래, 헉슬리가 본격적으로 소설가로서 활동을 시작한 것은 1921년 소설 『크롬 옐로』로 인정받고 나서다. 소설 외에도 여러 수필을 짓기도 했다. 그의 소설과 수필에서는 사회 관행, 규범, 사상 등에 관한 탐구와 비판이 주로 나타난다. 사망 전에는 말을 할 수가 없는 상태가 되어 필담으로 대화했다. 그의 마지막 유언은 'LSD 100마이크로그램, 근육 내 주사(LSD, 100㎍, intramuscular)'라는 작은 메모였으며, 주사를 두 차례 맞은 뒤 평화롭게 사망했다고 한다. 우연히도 같은 날 존 F. 케네디 암살 사건이 일어나는 바람에 그의 사망 소식은 크게 알려지지 못했다.

반인반수(半人半獸)의 사랑법

〈그리스·로마 신화〉에 나오는 반인반수 켄타우로스는
어느 여인과 사랑에 빠졌다.
그러나 그 여인과 오래 가지 못했다.
육체적으로 합일이 되는 절정을 갈구했지만,
인간과는 불가능했다.
그래서 이번에는 육체적, 즉 에로스적 사랑이 가능한
말(馬)과 사랑을 나누게 되었다.
하지만 이런 사랑에 대한 만족도 잠시,
곧 싫증을 느끼게 된다.
말이 통하지 않으니
자기의 생각과 감정을 나눌 수 없기 때문이다.

500년 후의 신세계

대전쟁 이후 거대한 세계 정부가 들어서고, 모든 인간은 인공
수정으로 태어난다. 오늘날처럼 결혼 후 섹스를 통해 아이를 낳
는 것은 감히 생각도 할 수 없었다. 즉 문명 세계에서는 '임신'
이나 '출산', '어머니'나 '아버지' 등의 개념이 상상도 할 수 없을

만큼 추잡하고 더러운 것이 되어 있다. 아이들의 양육과 교육은 전적으로 국가가 책임진다. 또한 태어나기 이전에 이미 그들의 조작된 지능에 따라 계급이 나뉘고, 어떤 삶을 살게 될 것인지가 결정되어 있다. 이들을 모두 문명인이라고 부르는데, 문명인에게는 소마라고 불리는 일종의 마약이 주어지고, 이것을 복용하면 그야말로 인간이 느낄 수 있는 최고의 행복과 안정감을 얻게 된다.

500년 후이지만 문명 세계만 존재하는 것은 아니다. 문명이 정착하지 못한 야만인 거주 구역이 있다. 결혼과 임신 출산 등 야만의 문화를 보존해 둔 지역이다. 이곳에는 문명인 출신 린다(과거에는 문명인이었지만 존을 임신하고 야만인 지역에 버려짐)와 잘못된 임신으로 태어난 야만인 존, 린다의 연인인 야만인 포페가 살고 있었다. 문명인 버나드와 레니나가 이곳을 여행하다가 레니나는 존을 만나게 되고 사랑이 싹튼다.

에로스만 존재하는 멋진 신세계

야만인 출신 존은 레니나를 보고 첫눈에 반했다. 자기가 자라온 야만의 세계에서는 상상할 수 없는 멋진 여자였다. "얼마나 많은 피조물이 여기 있는가? 인간은 얼마나 아름다운 피조물인가?"
[214쪽] 그리고 그녀가 사는 곳으로 같이 가자는 제안을 흔쾌히
받아들인다. "오오, 멋진 신세계여! 그러한 인간들을 담고 있는 멋
진 신세계여! 즉시 떠납시다."[214쪽] 우연히 잠든 레니나를 가까
운 곳에서 본 존은 더욱 깊이 사랑에 빠진다. 그가 읽은 셰익스
피어 전집에는 다양한 사랑의 느낌을 알게 하는 '야릇한 언어'가
풍성했다. 따라서 그녀에게서 단순히 육체적 욕망만 느낀 것이
아니다. 그녀를 지켜 주고 싶다는 정신적 사랑, 더 나아가 아
가페적인 사랑까지 이르게 된다. "그가 감히? 그 흉한 손으로 감
히 모독할 수 있을까... 천만에, 그는 신성모독을 감행할 수 없었다."
[222쪽] 레니나는 이미 그의 여신이었다.

문명사회에서 온 레니나 역시 처음 보자마자 존을 찜한다.
"참 잘 생기고, 참으로 아름다운 육체를 소유한 청년이라고 그녀는
생각했다."[177쪽] 야만 세계에서 문명 세계로 온 존은 슈퍼스타
가 된다. 모든 여자에게 선망의 대상이다. 그러한 존이 자기를
좋아한다고 생각하니 레니나는 속으로 기뻤다. 그러나 마냥 기
뻐할 수가 없었다. 다른 사람들이 궁금해하는 그와의 육체관계
에 대해 답해 줄 수가 없기 때문이었다. 욕구만 있으면 바로 들

이대는 이곳 남자들과 달리 그의 태도는 모호했다. "내가 들어가면 그는 그냥 방을 나가 버리거든, 나를 건드려 보려고도 하지 않아. 심지어 쳐다보지도 않으려고 해. 그러다가 내가 갑자기 뒤돌아서면 그가 나를 응시하는 모습을 보게 된다니까."(253쪽) 존은 문명인 출신 어머니 린다에게 아가페적인 사랑을 갈구했다. 그를 지지하고 보듬어 주는 절대적이고 희생적인 사랑을 바랐다. 그러나 린다는 존을 낳음으로써 '어머니'라는 더럽고 징그러운 존재가되었기 때문에 문명 세계로 돌아갈 수 없었다. 그녀는 자신의 처지를 원망하며 치명적인 말을 내뱉는다. "난 네 어미가 아니야! 네 어미가 되기 싫어!"(193쪽) 린다는 아들 존을 연인인 포페와 육체적 관계를 맺지 못하게 하는 방해꾼으로 여긴다. 죽기 직전에 찾아와 눈물을 흘리는 존을 두고, "포페와 소마 휴일을 즐기는 그 천국 같은 맬파이스를 침범한 원흉"(312쪽)으로 상상하고 있었다.

엇갈리는 사랑 방식

『로미오와 줄리엣』은 죽음을 불사하는 지고지순한 사랑이 어떤 것인지를 보여 준다. 존은 사랑을 위해 처절한 고통을 감내하고, 영원히 함께하는 것이 가장 아름다운 사랑이라고 배웠다. "당신이 명령하는 어떤 일이든 하겠습니다. 고통은 기쁨을 수반하는 것"「템페스트」3막 1장 중에서][290쪽] 레니나는 존이 '결혼하자'라는 미친 소리에 분개하지만, 자기를 좋아한다는 말을 자기식대로 해석하여 육체적 관계부터 맺으려고 덤벼든다. 성적 유희와 함께 자라왔던 레니나로서는 당연한 행동이었다. 하지만 어머니와 연인 포페에게 육체적 사랑에 대한 방해꾼으로 냉대받았던 존으로서는 정조 관념이 없이 관계 맺는 데에만 집착하는 레니나의 행동은 참을 수 없었다. 다음 순간, 분노가 폭발하고 레니나는 여신에서 창녀로 추락한다. **"창녀! 파렴치한 매춘부."**[296쪽]

문명의 독을 먹었다고 생각하는 존은 문명사회의 모든 것을 거부하고 등대로 자신을 유폐한다. 또한 본능적으로 레니나에게 끌리는 자기 자신을 혐오한다. 급기야 등대로 찾아온 그녀에게 색마라고 욕하며 채찍을 휘두른다. 동시에 그녀에게 끌리는 자기 육체에도 채찍을 가한다. 에로스적 사랑과 아가페적 사랑 사이에서 방황하던 존은 레니나를 영원히 매춘부로 남겨둔 채 스스로 생을 마감한다.

완전한 사랑을 위하여

쾌락을 추구하는 '에로스적인 사랑'은 있지만, 사랑하는 이를 위해 자신을 희생하는 '아가페적 사랑'은 없다. 그리스·로마 신화는 켄타우로스라는 반인반수의 사랑을 통해 인간은 에로스적인 사랑과 더불어 정신적인 사랑, 아가페적인 사랑을 함께해야 진정한 사랑을 완성할 수 있다고 이야기하고 있다. '문명 세계'는 그리스·로마 신화 속 반인반수 켄타우로스가 말(馬)과 나누는 사랑처럼 쾌락을 위한 에로스적인 사랑만이 주어진 반쪽짜리 유토피아이다. 존은 반쪽의 유토피아에 절망하여 이 세상을 하직하고, 야만 세계의 종교가 가르쳐 준 저 세상으로 떠난다. 이 지점에서 '멋진 신세계'가 디스토피아가 될 수밖에 없는 많은 이유 중의 하나를 추가한다.

'불행·불만족·불평등·불안정'이 없고 '공유·균등·안정'을 최고의 가치로 삼으며, 에로스적 사랑만 있는 '멋진 신세계'를 경험하시고, 그곳에 살고 싶은지 자문하는 시간을 가져 보시라.

Q   책 속 '문명인의 세계 vs 야만인의 세계'
                              어디에 살 것인가?

S   불행해질 권리를 택하겠어요!

C   야만인의 세계에 살겠습니다. 통제가 싫고 무엇보다
       책을 맘대로 읽지 못하잖아요.

Y   양쪽의 왕래가 자유로운 경계선에.

K   그 중간쯤 어디에….

L   '캐비어 좌파' 정신적 지향은 야만(?)에, 물리적 지향
       은 도시. 현실 직시해야죠. 병원 가까이 사는 게 여러
       모로 편해요. 야만에 가기엔 늦었어요. 10년만 젊었어
       도….

B   솔직히…, 문명인의 세계에 살아 보고 싶습니다.

P   문명인의 세계.

전홍희

시골에서 포도 농사를 지으며
나 그리고 모두의 놀이터 도서관을 만드는 것이 꿈이다.
읽고 쓰고 논하는 것이 놀이이다.
사는 내내 놀 일이다

📖『거미여인의 키스』
마누엘 푸익 지음, 송병선 옮김(민음사, 2015)

영화를 읽어 볼까요?

✒

"다른 사람들이 널 무시하지 않도록 행동하고,

아무도 널 함부로 다루게 하지 말고, 착취당하지도 마라.

그 누구도 사람을 착취할 권리는 없어."

마누엘 푸익(Manuel Puig, 1932~1990)

아르헨티나 출신으로 로마에서 영화를 공부했다. 시나리오를 썼으나 주목받지 못했고, 소설을 쓰기 시작하여 영화와 문학을 연결하는 문제에 관심을 가졌다. 1976년에 발표한『거미여인의 키스』는 할리우드에서 영화화되어서 세계적인 명성을 얻었다. 소설『거미여인의 키스』에서 정치범과 동성애자라는 각기 다른 두 인물이 서로에게 어떤 감정이 일어나고, 가치관이 어떻게 변화하는지 보여 준다. 세 개의 독특한 방식을 사용하여 쓰인 것이 이 소설의 커다란 매력이다.

첫째, 처음부터 끝까지 대화체이다

시나리오인가? 아니다. 배경 설명도 지문도 없다. 한 사람이 영화 이야기를 시작한다. 일반적인 소설의 전개와 달리 두 사람이 대화로 시작해서 대화로 끝난다. 둘은 가끔 각자 상대방이 알아듣지 못하는 것처럼 혼잣말로 주절거린다. 영화를 매개체로 이어지는 대화를 잘 따라가야 맥락이 잡힌다. 누가 말하는지 헷갈리어 앞 장으로 되돌아가 다시 읽을 수도 있다. 대화를 통해 그들의 정체를 알게 된다. 부에노스아이레스 감옥에서 정치범 발렌틴과 동성애자 몰리나가 한방에 수용되어 있다. 발렌틴은 정치혁명을 추구하는 게릴라전을 펼치다 잡혔다. 몰리나는 미성년자보호법을 위반해서 수용되었다. 영화를 섭렵한 것으로 보이는 몰리나가 발렌틴에게 영화를 들려주며 대화를 지속한다. 정부 당국의 계략으로 약이 섞인 음식을 먹은 발렌틴은 설사병이 난다. 그를 돌보면서 뒤처리를 해주고 음식을 챙겨 주는 몰리나의 애정 어린 모습을 읽으면 사랑스러운 여성을 상상하게 된다. 몰리나는 자신의 모성애와 이성애적 감정을 몰라주는 발렌틴에게 서운한 감정이 들어 혼잣말로 욕하기도 한다.

여성이 투정하는 것처럼 욕하는 몰리나를 떠올리면 웃음 짓게 되지만 한편으로 사랑을 갈구하는 그에게 측은한 마음이 일어난다. 좁은 감방에서 가치관이 서로 다른 두 남자의 기묘한 분위기에 불편한 감정이 일어나는지 일어나지 않는지는 독자가 읽으면서 자기감정을 파악해야 한다. 읽는 내내 몰리나가 여인이라고 여기게 된다면 이 작품은 그 역할을 충분히 해낸 것이다. 작가가 쳐 놓은 거미줄에 걸린 독자는 그들의 대화를 들으면서 자신도 모르게 동성애자의 사랑이 낯설지 않게 느껴질 수도 있다. '다름을 받아들인다.'라는 것은 편견과 차별을 버리게 한다.

둘째, 각주는 특별한 선물이다

동성애에 대한 불편한 시선을 돌리게 만든 또 하나의 특별 조연은 소설에 녹여 놓은, 학자의 연구 논문이다. 내용을 요약해 놓은 각주는 별책 부록과 같은 선물이다. 이 작품의 각주는 설명을 돕기 위한 단어나 한두 줄의 설명이 아니다. 논문을 읽는 듯한 분량이 쓰여 있다. 각주에 쓰인 정신분석학자, 심리학자, 사회학자의 동성애 연구와 성 해방에 대한 견해, 동성애자가 된 원인을 다양하게 분석하고 있다. 이 연구물을 소설 속 두 인물의 대화 내용과 대응하여 읽다 보면 몰리나가 가져오는 음식, 그들의 대화 바탕에 깔린 심리와 행위를 어떤 관점에서 바라볼지 독자에게 알려 준다.

이 책은 인간은 각자가 사회에서 얻은 관습적 방식으로 사랑하고 있다고 말한다. 또한, 인간 본성에 대한 심도 있는 사고를 하고, 동성애자의 사랑에 대한 편견과 차별을 조금이라도 누그러뜨리게 한다. 그리하여 동성애자 나름의 존재 이유가 있고,

살아가는 방식이 다르더라도 삶의 방식을 존중하고 인정하게
한다.

"널 존경하고 너한테 정을 느끼는 거야.

네가 나한테 정을 느끼길 바라고 있어...

내가 평생 느낀 가장 좋은 감정은 엄마의 애정뿐이었어.

엄마는 날 있는 그대로 받아 주고 또 그런 나를 사랑했어."

_몰리나

셋째, 영화 이야기로 유혹한다

몰리나가 들려주는 영화 이야기는 이 소설의 색다른 전개이
다. TV에서 상영된 할리우드 영화 여섯 편을 이야기하면서 그
속의 주인공을 빗대어 간접적으로 자신과 어머니에 관해 이야
기한다. 또한, 발렌틴을 유혹하여 사랑하려는 의도가 있음을 보
여 준다. 몰리나가 어머니처럼 돌봐 주고 한 여자의 마음으로
사랑의 손길을 거미처럼 뻗는 동안, 동성애자에게 편견이 있던
발렌틴은 몰리나에게 서서히 인간적 애정을 갖기 시작한다. 결
국, 발렌틴은 몰리나를 사랑하는 감정을 인정하고, 그의 바람을
들어주어 육체적 관계를 맺는다. 사회에서 부당하게 대우받았

던 몰리나는 발렌틴에게 온전히 존중받는다. 그러나 몰리나는 발렌틴의 게릴라 조직을 색출하려고 던져진 당국의 미끼이다. 그 때문에 처음부터 한방에 수용되는 것을 알고 있는 몰리나는 발렌틴에게 그의 조직에 대해서 아무 말도 하지 말라고 요청한다. 몰리나 자신이 언제 어느 때라도 발설할 수도 있으니 모르는 것이 나을 것이라고도 한다. 그러나 발렌틴은 자기 조직에 전달하고 싶은 이야기를 한다. 선택은 몰리나가 하도록 맡긴다. 드디어 몰리나는 당국의 임무 수행을 위해 조기 석방된다. 그때 발렌틴은 말한다.

"다른 사람들이 널 무시하지 않도록 행동하고,
아무도 널 함부로 다루게 하지 말고, 착취당하지도 마라.
그 누구도 사람을 착취할 권리는 없어."

몰리나는 석방 후 당국의 미행을 무시하고 거리를 돌아다니며 여러 날 아무 일 없이 지낸다. 그러다 어느 날 발렌틴의 이야기를 그의 조직에 알려 주려고 공중전화를 이용한다. 그러나 발각될 것을 염려한 발렌틴의 조직원에게 총을 맞고 쓰러지고, 당국의 미행자에게 비밀을 말할 것을 추궁당한다. 그러나 아무 말도 하지 않고 죽는다. 이 소식을 접한 발렌틴은 읊조린다.

"내 잘못이었고 그래서 난 지금 슬퍼하고 있다고,
하지만 훌륭한 대의명분을 위해 희생하면서
그가 슬퍼했는지 기뻐했는지는 그만 알 테니까
슬퍼할 필요는 없다고,
그가 정말 행복하게 죽었길 바라."

사는 내내 무수한 혐오와 차별을 겪었을 몰리나가 자신을 스스로 존중하고 타인에게 인정받는 자기 정체성을 찾았다. 편견을 버리고 자신을 사랑해 준 사람이 한 사람이라도 존재한다는 것은 그를 행복하게 했고 죽음도 불사한 행동도 마다하지 않게 했다. 나와 다르게 산다는 이유만으로 인간이 인간에게 혐오와 차별의 시선을 보내고 있지 않은지 생각한다. 정치범과 동성애자의 사랑과 연대 의식, 동성애자를 향한 사회적 편견을 뛰어넘어 숭고하게 인간의 존엄성을 지켜 주는 영화 같은 소설,『거미 여인의 키스』한 편 읽어 볼까요?

2부

세상,
공짜는 없다

양동신

쉼 없이 달려 마침내 결승선을 통과했는데,
포춘 쿠키에 적힌 과제를 해야만 쉴 수 있다고 합니다.
'매주 책을 읽고 글을 쓸 것, 단 중증 치매 진단을 받을 때까지'를 골랐지요.

순대 한 조각과 바꾼 목숨

"모든 게 완성되기 위해서는,

…… 내가 처형되는 날, 많은 구경꾼이 몰려와서

증오의 함성으로 나를 맞이해 주기를"

---

* 이하 『이방인』으로 칭한다.

알베르 카뮈(Albert Camus, 1913~1960)

프랑스령 알제리에서 태어난 작가이다. 대표작은 『이방인』, 『시지프의 신화』, 『페스트』 등이며 1957년에 노벨문학상을 받았다. 실존주의 철학을 대표하는 인물이지만 본인은 이를 거부한다. 친구 차를 타고 가다가 사고를 당해 사망하였다.

『이방인』의 줄거리는 간단하다. 주인공 뫼르소가 태양 때문에 살인하고 자기를 방어할 기회조차 포기한 상황에서 사형 집행 직전에야 마음을 열고 죽음을 맞이한다. 인물이나 문체적 특성이 혁명적이고 독특하여, 지금도 많은 관심을 받고 있다. 책을 읽어 보니 소설의 분량만큼 해설이 많고 무겁다. 이해하기 쉽지 않으니 각오를 단단히 하라는 사전 경고다. 이 책의 해설은 실존주의나 부조리 등의 철학적 의미를 함께 엮어서 파악하라고 권고한다. 그러나 소설 속 여러 상황에 의미를 부여하고 해석하는 과정은 일반 독자에게는 지나친 요구이다. 그냥 편하게 읽고 평범하게 생각하기로 한다.

주인공 뫼르소는 '아무 생각 없이 사는 사람'이다. 삶, 죽음, 사랑, 친구 등등 모든 것이 이나저나 마찬가지다. 이 부류의 인간은 자기 나름대로 루틴이 있다. 먹고, 마시고, 자고, 즐기고, 일하는 생활 패턴이 있으며 이를 되도록 지키려고 한다. 『중용』에서 군자는 때와 장소에 맞는 언행을 하고, 소인은 거리낌이 없다고 한다. 그는 소인처럼 하고 싶은 대로 살았다. 그런데 어머니의 죽음은 그의 루틴에는 없던 일이어서 견디기 어려웠다. 평소에 하던 것은 반드시 지켜야 하므로 장례식장에서 담배도 피우고 새삼스럽게 슬퍼할 이유도 없었다. 모친의 장례보다 자신의 습관이 더 중요해 남의 눈을 의식할 필요도 없었다. 이런 행동이 도의적 입장에서 모친의 죽음에 대한 살인의 증거가 될 줄은 상상도 하지 못했다. 카뮈는 이 철없는 친구를 시험하기로 했나 보다. 레이몽이라는 덫을 놓고 관찰한다. 뫼르소는 덫에 놓인 순대라는 미끼를 덥석 물었다. 그는 아주 쉽고 싸게 낚여 양아치와 친구가 되었다. 치명적인 실수다. 늘 그러하듯이 자신이 판단한 결과를 전혀 예상하지 않았다.

"'나한테 포도주와 순대가 있어요. 한 조각 같이할래요?'
난 구태여 요리를 하지 않아도 된다는 생각에 승낙했다."

레이몽은 이웃 중에서 이용 가치가 있는 친구를 점찍고 행동 대원을 하나 낚은 것이다. 뫼르소는 하류 인생의 올가미에 걸렸음을 느꼈고, 레이몽은 그 끝을 조이기 시작한다. 레이몽은 겁을 모르는 그에게 권총을 주고 정당방위 요건까지 설명한다. 총알을 한 발만 쏘고 그쳐야 하는데, 나머지 네 발의 노크 소리가 그에게 죽음의 문을 활짝 열어 주었다. 그는 레이몽이 살인을 교사한 공범이라는 것을 깨달았다. 같이 피고석에 있어야 할 친구가 주범이 아니고 증인이 되어 처벌받지 않은 것이다. 이 같은 부조리가 있을 수 있는가. 태양 때문이 아니라 나쁜 친구의 계략에 넘어가 엉겁결에 총을 쏜 것이라고 항변했더라면 결과는 달랐을 것이다. 뫼르소의 재판 과정은 마녀사냥이나 종교재판과 다름없다. 그는 사회적으로나 종교적으로 기본 질서를 흔드는 악질적 이단이므로 처단되어야 한다. 회개하면 감형될 가능성도 있었지만 거부한다. 하지만 신부 덕분에 오랫동안 묵혀 두었던 감정을 일시에 폭발시키고 나서야 마음의 문을 연다. 늦깎이 깨달음이다. 남들처럼 하면 되었을 텐데 너무 먼 길을 돌아왔다.

읽고 나니 거북하다. 작가는 그가 늘 하던 대로 놔두지 갑자기 득도하도록 만드는가. 단두대의 칼날이 내려오기 직전에 깨우치거나 아니면 여전히 이유를 모르겠다는 표정으로 끌려가는 모습이 마지막 장면으로 적절하지 않았을까. 순대 한 조각의 대가치고 결말이 너무 가혹하다.

온갖 종류의 낚시가 먹음직한 미끼로 많은 사람을 유혹하고 있다. 고소득 알바라는 미끼에 젊은이들이 낚여 보이스 피싱이나 마약 운반에 빠지기도 한다. 사회적 부조리에는 민감하지만 가벼운 간식에는 쉽게 넘어간다. 혼밥이 귀찮다고 손쉽게 끼니를 때우려다 뫼르소처럼 큰 낭패를 볼 수 있으니 작은 유혹에 조심하라고, 이 책은 경고하고 있다.

이영미

환갑 나이를 앞두고 초조감이 생겼다.
좀 더 신나고 즐겁게 놀았어야 하는 거 아닐까?
상관없다. 이제부터 시작하면 되니까.
책이라는 놀이터만큼 다양하고 재미있는 공간도 없다.
그곳을 탐색하는 여행자가 되고 싶다.

2

『모래의 여자』
아베 코보 지음, 김난주 옮김(민음사, 2001)

벌이 없으면 도망치는 재미도 없다

✒

"거울이 통로가 되기 위해서는

우선 보아 주는 타인이란 존재가 전제되지 않으면 안 된다.

누군가 보아 주는 기회조차 없는데,

새삼 거울이 무슨 필요가 있을까?"

아베 코보(安部公房, 1924~1993)

일본의 극작가이자 연출가. 도쿄 출생. 본명은 아베 기미후사. 의사인 아버지를 따라 만주에서 소년기를 보냈다. 고등 시절 폐 침윤으로 휴학하고 도스토옙스키, 니체, 하이데거, 야스퍼스가 쓴 책을 탐독했다. 도쿄대학 의학부를 졸업하였으나 의학에 흥미를 잃어 포기하였다. 전후 부흥기의 작가로 불리며 SF적이고 현대를 배경으로 하는 소설을 주로 썼다. 일본의 카프카로 불리며 1962년에 쓴 『모래의 여자』로 일약 세계적 작가로 부상했고, 여러 번 노벨 문학상 후보로 지명되었다. 작품으로는 『S. 카르마 씨의 범죄』, 『타인의 얼굴』, 『불타 버린 지도』 등이 있다.

욕망하라! 고로 나는 존재한다

눈앞의 저 빛!
찬란한 저 빛!
그러나

저건 죽음이다

의심하라
모오든 광명을!

　　_유하,「오징어」

　검은 바다에서 한밤중의 어둠을 밝히는 오징어 배의 집어등을 본 적이 있는가? 불빛에 이끌린 오징어 떼는 속속들이 주낙에 걸려 무참하게 죽음으로 던져진다. 누가 의심할까? 캄캄한 바다를 밝히는 그 광명이 죽음이라고. 그러나 시인은 감히 말한다. '모오든 광명'조차 의심하라고. 맨눈으로 바라볼 수 없는 불빛은 종국에는 내 심장을 태우는 거짓이라고.

　자신이 존재하는 시공간을 벗어난 삶은 상상하기 어렵다. 시공간의 현실에 무감한 이들은 성인에 가깝거나 사회 부적응자, 왕따일 가능성이 크다. 누구도 자본주의 교묘한 시스템 속에서 한시도 벗어날 수 없다. 자본주의 시장은 집어등을 켜고 사람들을 유인한다. 우리는 자신의 모든 행동이 합리적 선택이라 굳게

믿어 의심치 않으나 미디어의 세뇌, 혹은 무의식 저변에 깔린, 궁극적으로 해소되지 않은 결핍의 정체인 경우가 많다. '욕망하라! 고로 당신들은 존재한다!'로 우리 내부의 욕망을 표출한다.

욕망을 무조건 단죄할 수는 없다. 생의 의욕과 행동 유발의 동기가 되기 때문이다. 욕망이 없는 일상은 권태 그 자체다. 그러나 욕망은 채워지지 않음으로 무한하고 그 끝은 익사와 같다. 비평가 신형철은 그 속성을 '욕망의 공허함과 갈증의 사악함'으로 규정했다. 욕망함으로 우리는 천국과 지옥을 끝없이 교차한다. 그것은 무리를 이루어 사는 자들의 숙명에 가깝다.

교사인 니키 준페이는 일상에서 도피하기 위해 사막으로 떠났다. 도시에서의 일상이 비루함과 지루함의 연속이었을까? 그는 사막에서 희귀한 좀길앞잡이속의 곤충을 채집할 작정이다. 그의 도피는 단순하지 않다. 계산된 꼼수가 있다. 세상에 자신의 이름을 알리고 싶은 욕망. 유한한 삶에서 불멸의 시간에 붙박일 수 있는 하나의 방법. 이름 남기기

"신종 하나만 발견하면, 긴 라틴어 학명과 함께 자기 이름도 곤충 도감에 기록되어 거의 반영구적으로 보존된다.

혼자서는 안 읽었을 책들

비록 곤충이란 형태를 빌려서이기는 하나
오래도록 사람들의 기억 속에 남을 수 있다면
노력한 보람도 있는 셈이다."

사막으로 여로를 잡기 전까지 그는 자신의 욕망 때문에 덫에 갇힐 거라는 생각은 하지 못했다. 사막에서 그를 기다린 것은 신종 좀길앞잡이가 아니라 과부가 홀로 사는 모래구덩이였다. 하룻밤 묵어가려는 그는 마을 사람들의 속임수로 그곳에 갇히고 자유를 잃고 강제 노동을 해야 하는 상황에 놓인다.

욕망은 계속된다

모래는 작품의 또 다른 주인공이다. 가만히 있는 것처럼 보여도 일정한 속도로 끊임없이 움직이는 존재. 그 유동성으로 인해 모래의 속도를 이기지 못하는 존재들은 사막에서 생존할 수 없다. 모래의 속도에 맞춰 같이 움직이든가 아니면 그것을 이기기 위해 모래 속에 깊이 뿌리박아야 한다. 1미터 이상 모래 속에 뿌리박아 살아가는 사구식물처럼. 사구에 형성된 마을에서 사람들은 모래에 파묻히는 참사를 면하기 위해 날마다 모래를 밖으로 퍼내는 노동을 해야 한다. 모래의 속도를 이기지 못하는 순간 죽음뿐이다.

'모래의 불모성'은 흔히 말하듯 건조함에 있는 것이 아니라 끊임없는 흐름으로 인해 어떤 생물도 일체 받아들이지 못하는 점에 있는 것 같았다. 일 년 내내 매달려 있기만을 강요하는 현실의 답답함에 비하면 얼마나 신선한가…. 정착은 과연 생존에 절대적으로 불가결한 것인가. 정착을 부득불 고집하기 때문에 저 끔찍스러운 경쟁이 시작되는 것은 아닐까?

> "만약 정착을 포기하고 모래의 유동에 몸을 맡긴다면
> 경쟁도 성립하지 않을 것이다.
> 실제로 사막에도 꽃은 피고 벌레와 짐승도 산다.
> 강한 적응력을 이용하여 경쟁권 밖으로 벗어난 생물들이다."

여자가 홀로 사는 집은 마을공동체를 지키는 전초기지 역할을 담당하고 있다. 그곳의 모래를 날마다 퍼 날라야 하는 노역은 여자 혼자 감당하기에는 벅차다. 그곳에 강제로 밀어 넣어진 니키 준페이는 여자의 유혹이 '꿀의 달콤함을 가장한 육식 식물의 덫'인 양 거부하며 탈출을 감행하지만, 결국 사구 속에 파묻

히는 죽음의 순간에 구출되어 여자가 있는 모래구덩이로 다시 던져진다. 백기 투항. 여자와 함께 밤마다 삼태기로 모래를 퍼 나르는 신세가 되지만 자유에 대한 희망의 끈을 놓지 못한다. 어느 날 그는 우연히 생존에 필요한 물을 모으는 유수 장치를 발명하게 된다. 여자가 자궁외임신으로 병원에 실려 가던 날 모 래구덩이에 그대로 걸쳐진 사다리에 올라 밤하늘과 마을을 들 러보는 그. 그 밤이 탈출할 절호의 기회였음에도 불구하고 그는 어이없게 그 기회를 뒤로 늦춘다.

"딱히 서둘러 도망칠 필요는 없다.
지금 그의 손에 쥐어져 있는 왕복표는 목적지도 돌아갈 곳도,
본인이 마음대로 써넣을 수 있는 공백이다.
그리고 그의 마음은 유수 장치에 대해
누군가에게 말하고 싶은 욕망으로 터질 듯하다.
이 부락 사람들만큼 좋은 청중은 없다."

이름을 남기려는 욕망에 이끌려 사막의 마을로 찾아온 준페이. 결국 그는 좀길앞잡이를 닮은 여자에게 포획되어 모래구덩이에 정착한 셈이다. 그리고 강제 노역과 좀길앞잡이에게서 탈

출할 기회가 왔음에도 또다시 유예한다. 그것은 그도 모래의 유동성을 이기고 훌륭한(?) 한 마리의 좀길앞잡이가 되었다는 걸 의미한다. 그 결과로 그가 얻은 것은 7년 이상 생사를 알 수 없는 실종자로 확인된 판결문이었다. 그것은 그가 살았던 도시 삶에서의 사형 선고였다.

생각이 없으면 자신의 욕망과 나는 경계가 자주 모호해진다. 준페이가 좀길앞잡이를 욕망함으로 그것으로 변해 버렸듯이. 내가 외치는 자유가 사실은 상품이 주인이 되는 자본주의사회에서 소비의 자유, 혹은 개인성을 강조하는 낭만주의라는 이데올로기의 반영일지도 모른다. 욕망은 자유라는 이름으로 곧잘 포장되기도 하니까. 죽는 순간까지 욕망에서 벗어나기 힘들겠지만 숙고는 하고 볼 일이다.

Q 내가 준페이라면 '사구를 떠난다 vs 남는다' 중 어느 것을 선택을 할까?

K 세상이 사구인데 떠나 봤자.

L 자신의 욕망이 바로 나란 존재예요. 좀길앞잡이가 나의 욕망이니 암컷 좀길앞잡이랑 모래구덩이에서 오손도손 살 겁니다. 모래의 유동성을 거스르는 자유를 만끽하면서요.

C 처음부터 오지 않았어요. 그러나 여자를 책임져야 하므로 남겠습니다.

Y 무조건 떠나죠. 단, 데려갈 수도 있어요.

B 남는다! 돌아가도 재미가 없어서.

P 남는다.

조소연

겉으로는 평범한 마흔의 주부지만,
최초의 관심사를 찾기 위해 분투하는 중입니다.
쓰기 위해 살고, 살기 위해 쓰는 삶을 동경합니다.

3

📖 『시계태엽 오렌지』
앤서니 버지스, 박시영 옮김(민음사, 2005)

인간의 존엄은 감히 건드릴 수 없다

"저들은 너를 인간이 아닌 다른 어떤 것으로 만들었어.

네겐 선택할 권리가 더 이상 없는 거지.

넌 사회에서 용납되는 행동만 하게 되었어.

착한 일만 할 수 있는 작은 기계지."

앤서니 버지스(Anthony Burgess, 1917~1993)

영문학자, 소설가 겸 극작가이며, 잘 알려지지 않았지만 250개가 넘는 작품을 작곡한 작곡가이기도 하다.

『시계태엽 오렌지』는 발표 당시 논란이 굉장했을 거다. 범죄·스릴러물을 좋아해 폭력적 자극에 익숙한, 21세기의 내가 읽어도 불편한데, 1962년도엔 오죽했으랴. 열다섯 살 알렉스와 그 일당이 자행하는 살인, 강간, 폭력의 묘사가 생생하여 불편을 넘어 불쾌감을 일으킨다. '인면수심'이라는 말도 성에 안 찬다. 짐승이 짐승을 해치는 것은 배고픔이나 두려움 때문이다. 알렉스에게 폭력은 감각적 쾌락과 자신의 전능함을 확인하려는 놀이에 불과하다.

이 잔학무도한 청소년은 클래식 애호가다. 클래식이란 교양인이 누리는 취미라는 통념이 전복된다. 알렉스는 위대한 음악이 비행 청소년을 문명화의 길로 인도한다는 신문 사설을 읽으며 '개뿔이나.'라며 비웃는다. 이어지는 말이 가관이다.

"음악은 마치 날 하날님이라도 된 듯 느끼게 해서
인간들을 나의 전능한 힘 아래 벌벌 기게 만들 준비를 시키지."

그는 베토벤의 〈합창〉, 모차르트의 〈주피터〉, 바흐의 〈브란덴부르크 협주곡〉을 들으며 전율을 느낀다. 비극이다. 클래식을 통해 얻는 전율이 마약이나 폭력을 행할 때와 같은 종류라니.

그에게 당한 피해자는 모두 무고한 시민인데, 대부분 노약자다. 평화로운 어느 날 짐승 같은 놈들의 무자비한 공격에 속수무책으로 당한다. 멧돼지나 곰에게 습격당했다면, 해결책은 쉬워진다. 총살하면 그만. 짐승만도 못한 놈의 목숨이 아깝겠는가. 응보의 원칙. 임마누엘 칸트도 보복만이 형벌의 질과 양을 명확히 제시한다고 하지 않았는가?

범죄 없는 세상을 만드는 루도비코

그러나 버지스는 다른 차원의 질문을 우리에게 던진다. 국가가 범죄자의 뇌에 약물을 주입하고, 그 효과로 악한 의지를 제거하고 선한 의지만 심어 줄 수 있다면? (극 중 명칭은 조건반사 기법을 활용한 '루도비코' 요법) 총살보다 효율적인 'Everyone is happy.'와 같은 방법 아닐까? (알렉스 말투로) 그러나 여러분. 이것은 그리 단순한 문제가 아니다. 루도비코 요법에 찬성하기 위해선 이 물음에 답을 내려야 한다. 국가의 '질서 유지'와 '평온'과 같은 공동체적 가치를 '개인의 자유'에 우선해도 되는가? 이 명제가 참이라면, 집단의 이익을 위해 개인의 자유는 억압될 수 있다.

　작가가 던진 이 질문에 답하기 위해 소설 내용을 파악해 보자. 친구들의 배신으로 교도소에 수감된 알렉스. 수감자들과 함께 살인을 저지르고, 그 죄를 혼자 뒤집어쓴다. 그 바람에 알렉스는 몸에서 범죄의 생리를 완전히 없애 버리는 프로젝트의 첫 번째 피실험자가 된다. 바로 루도비코 요법. 뇌에 고통의 알고리즘을 심기 위해 잔인한 폭력 영상을 계속 보여 준다. 알렉스는 약물 반응인 메스꺼움에 몸부림치며 영상을 보지 않으려고 하지만, 손발은 물론 두 눈꺼풀까지 집게로 고정되었다. 선택할 권리를 박탈당한 벌거벗겨진 눈알이 움직이는 모습이라니! 루도비코 요법은 목적과는 어울리지 않게 가학적이고 폭력적이다. 알렉스 앞에 더 큰 문제가 닥쳤다. 과학자들이 약물의 효과를 극대화하기 위해 클래식을 이용했다. 치료가 끝날 무렵, 알렉스는 클래식 음악을 듣기만 해도 일종의 공황 증세를 느꼈다.

시계태엽 알렉스의 비극

출소 하루 전 알렉스는 정부 관료를 앞에 두고 무대에 서 있다. 루도비코의 효과를 보여 주는 공연을 하는 꼴이다. 알렉스가 폭력을 행사하도록 유인하고, 폭력을 상상하는 것만으로도 메스꺼움을 느끼는 알렉스. 고통에서 벗어나기 위해 안간힘을 쓰다 무릎 꿇고 신발을 핥는 지경에 이른다. 피해자에게 알렉스는 이보다 잔혹했으니 당해도 싸다. 내가 짐승이냐고 항변할 때 네겐 선택권이 없다며 냉소하는 모습에도 오히려 속이 후련하다.

그러나 출소 후 상황은 우리를 깊은 고민에 빠지게 한다. 알렉스는 자신이 폭행했던 피해자에게 뭇매를 맞고 도망치다 과거 윤간을 저지른 집을 찾아가게 된다. 범죄 당시 복면을 썼던 터라 살아남은 피해자 중 한 명인 집주인은 그를 알아보지 못하고 보살펴 준다. 집주인(얄궂게 알렉스와 이름이 같다. 책에서는 알렉산더로 구별한다.)은 진보정당에 소속된 정치인이자 작가다.

합목적성이 상실된 이념은 붕괴한다

알렉스에게 루도비코 요법의 전말을 듣게 된 알렉산더는 분개한다. '어떤 정부라도 버젓한 젊은이를 태엽 감는 기계'로 만들면 안 된다며 도움을 자청한다. 그러나 곧 알렉스가 자기 부인을 윤간하여 자살에 이르게 한 가해자라는 사실을 알게 된다. 알렉산더와 그의 동료 정치인들은 알렉스를 돕겠다던 계획을 바꿨다. 그를 감금하고 극도의 고통을 준다. 살려 달라는 외침과 절규를 무시하고 자살을 시도하는 그를 방치하기에 이른다. 그들이 사용한 방식은 놀랍게도 클래식 음악을 틀어 놓는 것이다. 목적을 이루기 위해 그토록 반대하는 루도비코 요법을 활용하다니! 그들이 지켜야 할 위대한 자유의 전통. 그들의 '대의'는 개인의 '원한'과 집단의 '목적'에 의해 힘없이 무너져 내렸다. 만약, 이 소설의 배경이 독일이고 루도비코 요법의 합법화에 대한 헌법 재판이 열린다고 생각해 보자. 결과는 불 보듯 뻔하다. 부결. 이유는 독일 기본법에 나와 있다.

- 독일 기본법 1조 1항 -

인간 존엄은 감히 건드릴 수 없다.

이를 존중하고 보호하는 것은 모든 국가권력의 의무다.

독일 기본법에서 보여 주는 인간 존엄의 특별한 위상이 나치 시대의 반성이라는 것은 잘 알려진 사실이다. 루도비코 영상에 유대인 학살 장면이 나오는 것은 우연이 아니다. 인간 존엄의 지위를 다른 것에 양보했을 때, 인간이 얼마나 잔혹해질 수 있는지 상기하기 위함일 것이다. 작가는 루도비코를 가운데 놓고 첨예하게 대립하는, 양 진영의 논리적 결함을 노골적으로 보여 주며, 인간의 자유 의지와 도덕의 의미에 대해 깊이 있는 물음을 던진다.

좋은 책을 읽을 때는 그 속에 들어가 한바탕 맹렬히 뒤섞인다고 했다. 독서 모임에서 『시계태엽 오렌지』를 함께 읽으며 작가가 던진 물음에 대답하기 위해 사유하고 토론했다. 古典. 말 그대로 오래된 책이 던져졌지만, 전혀 낡지 않은 물음이었다. 책의 핵심 주제는 전자팔찌, 화학적 거세 등 오늘날 우리의 삶을 관통하는 주제이기 때문이다. 이와 더불어 탁월한 묘사와 속도감 넘치는 문장까지, 지루할 틈 없이 매력적인 '앤서니 버지스의 세계'에 한바탕 뒤섞여 보자.

무영

읽고 쓰고 하면 조금은 가벼워질 줄 알았습니다.
따뜻한 사람들과 함께 이야기하면서
가을에서 겨울을 지나 무거운 외투를 벗듯
시간을 내려놓고 있습니다.

4

📖 「외투」
니콜라이 바실리예비치 고골 지음, 오정석 옮김(미르북컴퍼니, 2017)

첫눈처럼 찾아온 불행

"심지어 누구에게 충고를 하지도 않고,

자기 역시 다른 사람에게 충고를 구하려고

하지 않는 사람들에게도 불행은 예외 없이 찾아오게 된다."

니콜라이 바실리예비치 고골(Nikolai Vasilievich Gogol, 1809~1852)

우크라이나 출신의 러시아 소설가, 극작가. 제정 러시아 시대의 사회상을 사실적이며 비판적으로 그려내 이후 러시아 문학에 많은 영향을 끼쳤다. 주요 작품으로는 「외투」, 「코」, 『검찰관』 등이 있다.

연봉 400루블에 자기 운명에 만족하며 평화롭게 사는 사람

「외투」의 주인공 아카키 아카키예비치는 그런 인간이다. 어느 관청의 9급 관리로서 남보다 뛰어난 점 하나 없이 주변 사람들에게 가장 만만하게 보이는 사내였다. 공문서를 정서하는 하찮은 일을 하면서도 자기 나름대로 사명감으로 즐거운 표정이다. 그가 일하는 모습을 보면 일찌감치 승진하거나 표창을 받아야겠지만, 새로운 일을 하는 것에 대한 어려움과 대인 관계의 문제로 만년 9급 관리에 머무른 채, 검소하고 평화롭게 살았다. 그런 그를 포함하여 페테르부르크에서 연봉 400루블로 생활하는 모든 인간에게는 공통으로 무서운 적이 있다. 그것은 지독한

추위였다. 너무 낡아서 '내복'이라고 놀림당하는 외투를 해결하지 않고는 겨울을 날 수 없었다. 경제적 부담감에 번뇌를 느끼고, 내핍 생활에 대한 각오를 다지며 새 외투를 장만하기로 결심했다. 그때부터 아카키 아카키예비치는 자신의 존재가 충실해지고 인생의 즐거운 동반자가 생길 것이라는 희망을 품게 되었다. 생활에 목표가 생겼다.

아카키 아카키예비치 인생 최고의 날

6개월의 준비와 2주의 작업 끝에 처음 외투를 입고 출근한 날, 관청 동료들의 칭찬에 붕 뜨고, 새 외투를 장만한 것을 축하하는, 계장의 저녁 파티에 초대받았다. 새 외투를 걸치고 밤거리에 나선 그에게 모든 풍경이 신기했다. 처음 간 파티가 어색했지만, 분위기에 동화되어 샴페인을 마시고 카드놀이를 기웃거리다 자정이 넘어 다시 거리로 나왔다. 들뜬 마음으로 가게들을 구경하며 지나가는 귀부인에게 어떤 충동을 느끼며 마냥 걸었다. 낯선 광장에 들어섰을 때 섬뜩한 공포가 다가왔고, 마주친 괴한들에게 코트를 강탈당했다. 명절 같은 마음으로 시작한 최고의 날은 이렇게 마무리되고 영원히 함께할 동반자 같았던 새 외투는 사라졌다.

죽어서 존재감을 가진 사람

다음 날, 코트를 되찾기 위한 행동에 돌입했다. 경찰 서장과의 면담을 방해하는 비서들에게 호통을 치며 자신이 만만찮은 인간이란 모습을 보이기도 하고, 생전 처음으로 관청에도 출근하지 않았다. 영향력 있다는 유력 인사를 찾아갔다. 승진한 지 얼마 되지 않아 허세와 위엄으로 가득 찬 유력 인사는 아카키의 무례함을 탓하고 절차를 문제 삼으며 박대하자, 너무나 억울한 그는 인사불성이 되었다. 코트를 빼앗긴 분노와 유력 인사에게 느낀 절망은, 추운 날씨와 함께 그를 죽음에 이르게 했다.

"누구의 도움도 받지 못하고, 누구도 소중하게 여기지 않았으며,
누구의 흥미도 끓지 못했던, 관청에서 온갖 비웃음을
순순히 참아 내면서 이렇다 할 업적 하나 이루지 못한 채
무덤으로 간 그 존재는 이 세상에서 영영 사라져 버린 것이다."

그리고 여기서부터 이 작품의 환상적인 결말이 시작된다. 밤거리에서 관리들의 외투를 강탈한다는 유령에 대한 소문, 그리고 그날의 아카키 아카키예비치처럼 파티에서 샴페인 두 잔을 마시고 일탈을 꿈꾸던 순간에 외투를 강탈당한 유력 인사. 그

유력 인사는 그날 이후 불안과 충격으로 부하 관리들에게 조금은 친절해졌다는 소식. 그리고 더는 외투를 강탈하는 유령은 나타나지 않았다는 소문까지. 그렇게 아카키 아카키예비치는 죽어서야 다른 사람에게 자기 뜻을 관철하고 존재감을 가지게 되었다.

누가 그의 불행을 만들었나?

그의 평소 모습을 생각하면 새 외투가 없어도 죽지는 않았을 것이다. 어차피 재수 없는 인생, 못된 놈들에게 외투를 뺏겼다 하면 그만이다. 유력 인사가 그의 호소를 거절하는 것도 이미 익숙한 결과였다. 그동안 그의 말을 귀담아들어 준 사람은 아무도 없었으니까. 그렇게 체념하고 다시 '내복'을 입고 공문서를 정서하고 저축을 하는 생활로 돌아갔을 것이다. 그렇지만 새 외투를 가졌던, 그 하루 동안 자신에게 소중한 것과 타인에게 인정받는 즐거움을 알았다. 그리고 그것이 인생을 변화시킬 것이라는 환상이 생겼다. 죽어서까지 외투에 집착해 자신을 우습게 여긴 사람들의 외투를 빼앗는다는 것은 소심하고 무기력했던 그가 얼마나 변화했는지 보여 준다. 자신의 욕망에 눈뜨고, 존재를 인정받고, 부당한 결과에 분노하는 현대인이 된 것이다.

그렇게 아무도 모르게 밤새 내린 첫눈처럼 경이롭게 다가왔던 외투가 그를 죽음에 이르게 했다. 눈 덮인 도시의 추한 본성을 잠깐 잊고 잠시의 낭만을 즐기는 새에 사고가 나고 미끄러져서 허리를 다치는 것처럼, 그렇게 그에게 불행이 다가왔다.

추운 날씨와 유력 인사의 권위적인 태도가 그를 죽였다. 강탈당한 외투 하나 찾아 달라는 소원, 그 호소를 들어달라는 한 사람에게 무시로 일관한 시스템이 그를 죽였다. 이런 작은 강도 사건 하나도 높은 사람을 찾아가야 한다는 것이 통념이 된, 부패한 사회가 그를 죽였다. 그리고 그것은 오래전 제정 러시아 사회에서만 일어나는 일은 아니다.

어느 시대에나 인간은 새 외투를 원한다

'고골'의 시대를 지나면서 돈에 대한 욕망은 더 커졌고, 개인 간 갈등은 더 복잡해졌다. 자본주의의 위계질서는 더 공고해졌고, 군대와 관리들의 불합리한 조직 문화는 기업과 학교에까지 영향을 미치며 오히려 확대됐다. 그 안에서 개인은 조직의 톱니바퀴로 살면서, 작은 소망과 일상의 행복만으로 만족하기를 강요받는다. 웬만한 무례함이나 공동체 가치의 침해에 대해 '쿨'하게 반응하며 무감각해지라고 한다. 그저 맛있는 음식과 멋진 풍경을 즐기며 순간을 살아가라고 한다. 그렇지만, 공동체 가치의 상실과 무례함을 넘어선 무도함에 폭발하는 순간이 온다. 이작품에서 유령으로 표현된 시민들의 분노가 러시아 혁명의 도화선일 수도 있다. 그 폭발의 방향이 더 약한 이웃을 향한 갑질이 아니라 서로의 존재를 인정하고 존중하며 함께하는 모습으로 발전했으면 좋겠다. 우리 삶에 가장 중요한 것은 멋진 외투나 명품 가방이 아니라 존재를 소중히 여기는 마음이 아닐까.

러시아 문학의 새 지평을 연 작품 「외투」는 짧은 단편이지만 작가의 유려한 전개와 등장인물들에 대한 세심한 고찰이 계속 여운으로 울리고 있다. 어쩌면 이런 작품 하나가 현대인의 마음을 붙잡아 냉랭한 자본주의의 추위를 덜어 주는 '외투' 같은 존재라고 하겠다.

양동신

쉼 없이 달려 마침내 결승선을 통과했는데,
포춘 쿠키에 적힌 과제를 해야만 쉴 수 있다고 합니다.
'매주 책을 읽고 글을 쓸 것, 단 중증 치매 진단을 받을 때까지'를 골랐지요.

부르지 말아야 할 <라 마르세예즈>

✒

"백작은 어깨를 으쓱했다. 마치 '어쩌란 말이오.
내 잘못도 아니잖아.' 하고 말하는 것 같았다.
루아조 부인은 미소를 지으며 중얼거렸다.
부끄러워서 우는 거예요."

기 드 모파상(Guy de Maupassant, 1850~1893)

프랑스의 대표적인 사실주의 작가이다. 주요 작품은 「비곗덩어리」, 『여자의 일생』, 『피에르와 장』 등이 있다. 무절제한 생활로 신경 질환을 앓다가 정신병원에서 생을 마감하였다.

모파상은 인간의 위선과 허위를 비판하고 사랑과 인생에 대한 허무감을 사실적으로 표현한 작가이다. 그의 데뷔작이기도 한 「비곗덩어리」는 본인이 참전한 보불전쟁을 소재로 인간의 이기적인 면을 그린 작품이다. 전쟁 통에 열 사람의 여행객 중 뚱뚱한 매춘부 덕분에 나머지 사람들이 곤경에서 벗어났음에도, 그녀의 희생을 깎아내리고 경멸한다. 모파상은 그들의 후안무치와 가식적 행태를 날카롭게 묘사하고 있다.

동승객들은 권세와 학식을 갖춘 교양인 계층에 속한 인물들과 사기성 짙은 자본가, 허풍쟁이 민주주의자, 그리고 수녀 등 당시 부르주아 계급을 대표한다. 이들은 전쟁 중에도 도피성 여행을 할 만큼 용의주도한 인간들이다. 이들이 '비곗덩어리'라고 부르는 매춘부도 일행에 포함된다. 소설이 그리는 등장인물의 모습은 현재 사회와 크게 다르지 않다. 패거리 문화, 낯선 자에 대한 이유 없는 거부감, 목적이 수단을 합리화하는 궤변들, 최상의 희생양을 찾아내는 놀라운 눈썰미와 논리, 입만 살아있는 방관자 등 우리 주위에서 흔히 볼 수 있는 모습이다.

이들은 점령군 장교가 자기들을 붙잡아 놓은 의도를 확인하고 일찌감치 정답을 내놓았다. 비곗덩어리가 제 발로 장교에게 가면 해결된다. 정답에 이르는 풀이 과정은 수녀가 명쾌하게 정리한다. 신이 옆에서 보고 있었다면 기가 차서 말문이 막힐 것이다.

등장인물들은 해답이 나왔으니 비곗덩어리에게 직접 답안을 작성하라고 다그친다. 문제가 해결되자 그녀가 희생양이 되었음에도 위로는커녕 모두 비아냥거린다. 그들 중 누군가가 나서서 '죄 없는 자가 먼저 돌로 치라.' 하는 식으로 반박할 법도 한데, 아쉽게도 모파상은 그런 인물을 만들어 내지 않는다. 그 대신 소설의 마지막 부분에서 사이비 민주주의자인 코르뉘데가 〈라 마르세예즈〉를 부르고, 나머지 사람들이 마지못해 속으로 따라 부르도록 한다. 이 노래는 살벌하고 호전적인 내용의 프랑스 국가(國歌)인데, 가사가 한 절 끝날 때마다 후렴으로 '놈들의 더러운 피로 우리의 밭고랑을 적시자'라고 힘차게 외쳐야 한다.

이 국가의 가사를 한 구절 한 구절 되새기면 비곗덩어리에게 위로가 되고 그녀의 눈물을 닦아 줄 수 있다고 생각한 것일까. 비곗덩어리의 몸뚱이를 방패 삼은 것은 비겁했지만, 그녀가 프러시아군과 벌인 성전(性戰)에서 승리한 덕분에 자신들이 해방된 것이라고 기뻐하며, 치하하는 말 대신 부르는 찬송가인가.

"신성한 나라 사랑이여, 인도하라, 붙들어다오.
복수하는 우리 팔을, 자유여!
소중한 자유여! 너희의 수호자와 함께 싸워라!"

사실 코르뉘데는 일행을 꾸짖는 척하다가 자리를 피한다. 본인이 그녀를 집적거렸던 장면을 남들이 이미 알고 있을 것이라고 눈치를 채고 치졸하게도 국가를 골라 일행을 골탕 먹이려고 한 것이다. 대놓고 막말하기 어려우니 눈치 빠른 사람들은 알아차리고 반성하라는 취지로 대안을 제시한 것이다. 이후 목적지까지 어색하고 난처한 동행이 이어진다. 잔인한 휘파람 소리,

터질 듯한 흐느낌, 신경질 나는 가사를 떠올리는 방식만으로도 작가는 그녀의 억울함과 그들의 염치없음을 충분히 묘사한다. 차라리 그녀를 동행시키지 않고 별도의 여정을 잡았더라면 독자들의 안타까움은 덜했을 것이다.

　부당한 대접을 받는 약자를 주위에서 보면 누군가는 적극적으로 나서 주어야 한다. 그러려면 대변자가 먼저 떳떳해야 하는데 그런 사람이 드물다. 그래서 고립무원의 상황에 놓여도 하소연할 만한 곳조차 찾기 어렵다. 〈라 마르세예즈〉는 그녀에게 아무 의미도 없고 오히려 상처를 덧대고 약만 올리는 것이다. 정말 잔인하고 악랄한 선곡이다. 따라서 어쩔 수 없이 고상한 분들의 잘못을 대신 덮어 주었다면 절대로 보답을 기대하지 않아야 한다. 머뭇거리다가 눈치 없다고 핀잔만 듣고 마음만 상한다. 이 소설은 혹시 그런 일이 있거든 사건이 끝나자마자 재빨리 현장을 떠나는 것이 정신 건강에 이롭다고 충고한다.

조소연

겉으로는 평범한 마흔의 주부지만,
최초의 관심사를 찾기 위해 분투하는 중입니다.
쓰기 위해 살고, 살기 위해 쓰는 삶을 동경합니다.

6

📖 『암흑의 핵심』
조지프 콘래드 지음, 이상옥 옮김(민음사, 1988)

인생이란 우스꽝스럽고,
무자비하고, 부질없을지라도

"인생이란 우스꽝스러운 거야.
어떤 부질없는 목적을 위해 무자비한 논리를
불가사의하게 배열해 놓은 게 인생이니까
우리가 인생에서 희망할 수 있는 최선의 것은
우리 자아에 대한 약간의 앎이지.
그런데 그 앎은 너무 늦게 찾아와서
결국 지울 수 없는 회한(悔恨)이나 거둬들이게 돼."

조지프 콘래드 (Joseph Conrad, 1857~1924)

폴란드에서 태어나 어린 시절 부모를 잃었다. 프랑스 상선에서 선원으로 일하다 밀수와 도박에 연루되어 스물한 살에 권총 자살을 기도하기도 했다. 『암흑의 핵심』은 식민지 정복을 위해 대륙을 항해하던 시대의 이야기인데, 작가가 선원으로 일할 때 콩고에서 겪은 자전적 기록을 '말로'라는 인물이 회상하는 방식의 소설로 풀어냈다.

19세기 말 제국주의가 절정으로 치닫던 때, 콩고에서 자행된 착취는 타 유럽인도 학을 떼며 경악할 정도였다. 그 중심엔 벨기에 국왕이자 희대의 악인 레오폴드 2세가 있다. 그는 할당량을 채우지 못한 원주민의 팔다리를 무자비하게 잘랐다. 어린이도 피해 갈 수 없었다. 손목, 발목을 차례로 자른 다음, 마지막엔 목을 잘랐다. 폭정을 박애주의로 포장했기에 참혹한 실상은 뒤늦게 알려졌다. 더러운 시체를 가리던 바리새인을 꾸짖는 예수처럼 말로는 브뤼셀을 회칠한 무덤에 비유한다. 실제 콩고를 경험한 작가 콘래드의 환멸이 느껴진다.

글에서 묘사하듯 말로의 서술은 '옅은 안개'요, '흐릿한 달무리' 같다. 어려웠다. 읽기도 어려운데, 글을 쓰려니 오독하지는 않을까 하는 걱정이 앞섰다. 논문부터 학술지까지 잡히는 대로 읽어 보니 학자마다 같은 인물과 상황에 대한 견해가 달랐다. 그런데도 자기만의 관점과 해석의 틀로 각자의 논리는 완성되었다. 하나의 이야기가 시대와 세대를 넘나들며 해석되는 것이 고전의 힘이다. 초고에 자신감을 갖기로 했다. 변명이 길었다. 나는 오로지 서술자 '말로'에 의지해 읽었고, 그를 중심으로 썼다.

믿을 만한 사람, 말로

말로는 상아 무역 회사에 소속된 기선의 선장으로 어린 시절부터 동경했던 아프리카 콩고에 가게 된다. 그는 믿을 만한 사람처럼 보인다. 더운 날씨 탓에 기절하는 동행자를 위해 재킷을 벗어 펼쳐 주는 인정을 베푼다. 거짓말이라면 구역질할 정도로 진실한 사람이다. 금욕주의자의 모습을 한 우상(偶像)과 같다. 그는 돈, 명예, 안락한 삶을 좇아 식민지를 약탈해 가는 유럽의 정복자들을 신랄하게 비판한다. 말로에게 궁금증이 인다. 돈, 명예, 안락한 삶이 아니라면 무엇을 좇아 아프리카에 왔는가? 무엇이 그를 대륙의 중심, 아프리카로 나아가게 하는가?

말로의 임무는 커츠라는 주재원을 데려오는 것이다. 깊숙한 밀림으로 향하는 말로. 가는 곳마다 커츠에 대해 듣게 된다. 그에 대한 평가는 신에 가깝다. 비범한 사람이요, 만사에 능하다고? 처음엔 의심하던 말로지만, 주체할 수 없이 호기심이 인다. 무능하고 이기적인 지배인(유럽인들)과 커츠는 상반된 인물로 묘사된다. 지배인은 지성도 갖추지 못한 채 '불안감만 불어넣는 텅 빈 인간'인 반면, 커츠는 '현실을 등진 채 밀림으로 가서 일을 해내는 멋진 사람'이다. 어느새 말로의 배는 커츠를 향해 전진한다. 임무는 더는 중요치 않다. 중요한 것은 커츠 자체이다.

커츠가 원주민을 장악할 때 어떤 이념적 도구를 사용했는지 작가는 알려 주지 않는다. 그가 작성한 보고서와 주변인들이 조각조각 남긴 문장에서 유추해 낼 뿐. 분명한 건 그것은 강력했고 원주민에게 견고한 신념 체계를 선물했다는 것이다. 말로는 무자비한 도구가 사용된 현장을 똑똑히 목도(目睹)한다. 제례를 빙자한 살인과 야만적 풍습 말이다. 커츠는 자신만의 수단을 이용해 상아를 긁어모았다. 그의 모습은 레오폴드와 닮았을 것이다. 잔혹한 약탈자! 그런데도 커츠를 비판하지 않는다. 오히려 그를 변호한다. 푸주한이 먹을 것을 제공하고 경찰관이 지켜 주는 안락한 곳에 사는 너희는 감히 그를 이해하지 못한다고, 그의 행동이 아닌 이념에 중점을 두어야 한다고 핏대를 세운다.

말로에 대한 의심과 실망

말로에 대한 의심이 깊어진다. 말로가 이 난해한 이야기의 해답을 줄 거라는 기대를 내려놓고, 소설의 마지막 장면을 보자. 커츠의 '무서워.'라는 유언. 말로는 그것이 무수한 패배, 끔찍한 공포를 대가로 치르고 성취한 하나의 긍정이요, 도덕적 승리라 추켜세웠다. 그것이 끝까지 커츠에게 충실한 이유라 할 만큼 감화된 말로였다. 그러나 커츠의 약혼자에게 그녀의 이름을 부르며 죽었노라 위증한다. 약혼녀는 평생 거짓말에 의지하며 살아갈 것이다. 거짓이라면 구역질할 정도로 싫다 했던 말로였는데!

미지로의 모험을 꿈꿨던 말로는 아프리카 속 암흑 에너지에 매혹되지만, 탐험에서 찾은 건 이기심과 욕망에 사로잡혀 추한 몰골을 드러내는 유럽인들이었다. 말로는 '꼴사나운 행위를 대속해(代贖) 줄 흔들리지 않는 이념'이 필요했고, 그것을 커츠에게서 찾아낸 듯하다. 그러나 커츠는 그리 대단한 인물이 아니다. 우월감과 지배욕이 가득한 타락한 인간일 뿐이다. 나는 커츠보다 말로에게 주목하고 싶다. 말로와 같이 평범한 우리도 견고한 신념 체계를 선물 받는다면 언제든 악인의 편에 설 수 있는 무서운 진실. 악(유럽의 정복자)을 증오하지만, 또 다른 악(커츠)을 추구하는 표리부동한 말로. 말로가 가고자 했던 암흑은 어쩌면 자기 내면에 있던 것 아닐까? 이것이 내가 『암흑의 핵심』에서 찾은 인간 본성의 민낯이다.

인생이란 우스꽝스럽고, 무자비하고, 부질없을지라도

"인생이란 우스꽝스러운 거야.
어떤 부질없는 목적을 위해 무자비한 논리를
불가사의하게 배열해 놓은 게 인생이니까
우리가 인생에서 희망할 수 있는 최선의 것은
우리 자아에 대한 약간의 앎이지.
그런데 그 앎은 너무 늦게 찾아와서
결국 지울 수 없는 회한(悔恨)이나 거둬들이게 돼."

말로의 독백은 작가 콘래드의 목소리로 들린다. 망망한 바다에 내던져진 자신의 생을 끝끝내 건져 올려 삶의 경지에 올라

선 조지프 콘래드의 생생한 목소리. 콩고의 독립 후 벨기에는 레오폴드 동상을 세우고, 그의 이름을 딴 거리를 만들며, 선행만을 골라 추앙했다. 그러면서 '아프리카 경제발전에 도움을 줬다.'라는 논리로 모욕을 재생산해 댔다. 진정한 사과 없이 침묵한 세월이 60년이다. 2020년 마침내, 동상은 '피 칠갑'이라는 능욕을 당하며 철거되었다. 너무 늦게 찾아와 지울 수 없는 회한을 거둔다 해도, 앎을 향한 여정은 멈추지 말아야 한다. 인생이란 우스꽝스럽고, 무자비하고, 부질없을지라도.

박혜나

이제는 에·루·샤 보다 책이다.
즐겁게 책 읽고 쓰는 사람으로 변신했다.
힘들고 지쳤던 삶을 꿈과 끈기 있는 노력으로 감당해 본다.
결국 사람은 사람으로 완성된다는 믿음의 증거이다

7

「변신」
프란츠 카프카 지음, 이재황 옮김(문학동네, 2005)

보이지 않는 벌레를 발견하는 일

"그레고르는 스스로에게 물어보며 어둠 속에서 주위를 둘러보았다.
그리고 곧 자신이 이젠 전혀 움직일 수 없다는 것을 깨달았다.
그것이 이상하게 여겨지지는 않았다. 오히려 자신이 지금까지
이렇게 가는 다리로 돌아다닐 수 있었다는 것이 신기하게 여겨졌다.
게다가 기분도 비교적 괜찮은 편이었다.
온몸에 통증이 느껴지기는 했지만,
차차 약해져서 마침내는 완전히 사라져 버릴 것만 같았다."

프란츠 카프카(Franz Kafka, 1883~1924)

1883년 프라하에서, 부유한 유대인 상인의 맏아들로 태어나 독문학과 법학을 공부했으며 법학 박사를 취득했다. 유년기부터 꿈꿔 온 작가의 꿈을 버리지 않고 대학 시절부터 꾸준히 집필 활동을 했으며, 이후에도 직장 생활과 글쓰기 작업을 병행했다. 1912년 첫 단편 모음집 『관찰』을 출간하고 단편 「선고」, 「변신」 등을 통해 작가로서 주목받게 된다. 인간 사회의 부조리함과 존재의 불안에 대한 깊은 통찰로 실존주의 문학의 선구자로 평가받았으나 아버지와 불화를 겪으면서 유년기를 불안정하게 보냈다. 폐결핵으로 인한 건강 악화로 1924년 빈 근교의 요양원에서 사망한다.

"어느 날 아침 그레고르 잠자가 불안한 꿈에서 깨어났을 때
그는 침대 속에서 한 마리의 흉측한 갑충으로
변해 있는 자신의 모습을 발견했다.
그는 철갑처럼 단단한 등껍질을 대고 누워 있었다.
머리를 약간 쳐들어 보니 불룩하게 솟은 갈색의 배가 보였고

그 배는 다시 활 모양으로 흰 각질의 칸들로 나뉘어 있었다.
이불은 금방이라도 미끄러져 내릴 듯 둥그런 언덕 같은 배 위에
가까스로 덮여 있었다. 몸뚱이에 비해 형편없이 가느다란
수많은 다리들은 애처롭게 버둥거리며 그의 눈앞에서 어른거렸다.
'이게 대체 어찌 된 일일까?' 그는 생각했다. 꿈은 아니었다."

카프카의 「변신」은 어느 날 자고 일어났더니, 주인공 그레고르 잠자가 벌레로 변한 것으로 시작한다. 그레고르처럼 가족을 부양해야 할 책임이 있는 사람이라면 벌레로 변한 현실을, 경제 활동의 단절로 인해 가족의 생계를 위협할 재난으로 인식할 것이다. 소설 속에서도 더는 노동을 할 수 없는 그를 대신해 가족들은 하루하루 살아남기 위해 더욱 분투할 수밖에 없게 된다. 벌레로 변하기 전 그레고르 잠자를 중요한 사람으로 존재할 수 있게 한 '모든 책임'을 수행하지 못하게 된 상황에서는, 역설적으로 그를 쓸모없고 하찮은 존재로 전락시킨다. 결국 그는 가족들의 냉대에 모든 의욕을 상실하고 죽음을 맞이하게 된다. 이런 결말을 통해 카프카는 현대 사회의 인간이 직면한 딜레마를 여실히 보여 주고 있다.

독자들은 이 책을 읽다가 어느 날 갑자기 한 마리의 벌레로 변해 버린 자신을 한 번쯤은 상상해 볼 것이다. 각자 어떠한 종류의 벌레를 떠올렸든, 사람에게 불쾌감을 주는 징그러운 외형에 끔찍함과 혐오감부터 느끼지 않을까? 그것이 바로 자기 자신임에도 쉽게 받아들일 수 없는 게 당연할 것이다. 여기서 벌레가 '나'인 것을 알지만 받아들일 수 없는 존재로서의 '벌레'에 대해 다시 생각해 보게 된다.

　나에게도 스스로가 마치 벌레처럼, 쓸모없는 존재로 느껴지던 시간이 있었다. 가족에게 도움이 되는 딸로서, 집안에서 희생과 책임을 다하며 자라온 어린 시절은 결혼 생활에도 그대로 영향을 주었다. 넉넉하지 않은 환경에서 시어머니를 봉양하고 시동생까지 보살폈다. 그러나 시어머니는 거짓말로 나와 남편, 자식들 사이를 소원하게 했다. 옆에서 자는 남자는 나를 신뢰하지 않았고, 그렇게 쌓인 오해로 심한 폭언을 일삼기도 했다. 그런 상황에서 나는 건강을 잃고 수술까지 해야 했으며, 몇 번이고 삶을 놓아 버리고 싶다는 충동에 휩싸이기도 했다. 가족을 위해 헌신하는 일은 특별한 보상을 바라고 한 일이 아니었지만, 그럼에도 불구하고 나의 노력을 외면하는 가족들 앞에서는 큰 상처를 받았다.

나는 상처 입은 자존감에 고통스러워하며, 이십 대부터 사십 대까지 끊임없이 방황하는 시간을 보냈다. 가족에게 받은 상처는 자기혐오로 이어졌고 회복하기 힘든 고통 속에서도 실낱같은 희망을 찾아 종교와 명상에 힘을 쏟기도 했다. 그 시절의 나는 스스로를 참 많이 부족하고 쓸모없는 존재로 생각했다. 실상은 누구보다 가족을 위해 많은 것을 해오고 있었는데도 말이다.

그레고르 잠자처럼 어느 날 갑자기 벌레로 변하는 일은 소설 속에서나 이루어지는 일이라고 여겼다. 그러나 사람은 누구나 자신을 쓸모없는 존재로 여길 때가 있다. 그러다가 스스로에 대한 혐오감으로 희망의 끈을 놓아 버리기도 한다. 비록 그 원인이 불가항력적인 상황이나 내가 아닌 타인에게 있다고 하더라도, 원망의 방향을 외부가 아닌 내부로 돌려 버리는 것이다. 마치 내가 그랬던 것처럼 말이다. 그것은 어느 날 내가 벌레로 변한 것과 크게 다르지 않은 상황이다. 벌레로 변한 것은 부정하고 싶은 나의 현실이자 받아들이기 힘든 나의 모습이다.

그러나 가장 믿었던 존재에게까지 자신을 부정당하고, 절망 속에서 죽음을 맞이한 그레고르 잠자와는 다른 결말이 우리 각자에게 있다. 나의 경우는 긴 터널과도 같았던 힘든 시간을 지나오면서 비로소 나의 행복을 찾는 일에 몰두할 수 있게 되었다. 글쓰기 역시 그러한 과정 중 하나이다. 글을 통해 나와는 다른 타인을 만나고 탐구해 보면서 스스로에 대해 배우고 생각할 수 있었다. 마치 이 소설을 읽고 글을 쓰면서 내면을 돌아보고 지난 삶을 새롭게 받아들이는 과정을 겪은 것처럼 말이다. 따라서 읽고 쓰는 일은 인생의 궤적이 내면에 남긴 흔적들(긍정적이든 부정적이든)을 발견하고, 그것을 온전히 받아들이고 사랑할 수 있도록 해주는 일이 아닌가 생각한다.

Q 그레고르처럼 바퀴벌레가 된다면?

C 집을 뛰쳐나와야죠. 앗! 154cm 바퀴벌레라서 금방 잡히려나? 날 수 있음 날아다녀 볼 거예요. ㅎㅎ

B 유튜버가 되어 돈 벌어야죠. 그 돈으로 마당이 넓은 집을 매매하고 바퀴벌레 동선에 맞게 인테리어 한다!

L 남의 눈치를 거의 안 봐도 되고, 적응력도 뛰어나다는 것이 장점이라면 장점. 그래서 어느 날 기존과 다른 낯설고 이질적 존재가 되어 버린다면, 아마도 잘 살겠죠? 타인에게 혐오감과 불편함을 초래하지 않는다는 전제하에요. 신체 거동의 자유는 필수. 위와 같은 조건이 전제되지 않는다면 저의 死因은 餓死일걸요.

Y 거울로 확인하는 순간 자진할 겁니다.

K 세상을 날아다닐 거예요.

P 죽을 거예요.

문베리

내가 제일 좋아하는 것, 과일
스스로를 좋아하기 위해 문베리라 붙였다.
요즘 내가 새로 좋아하는 것, <고전>.
고전 초보는 오래됨이 주는 새로움에 빠졌다.

8

📖 「변신」
프란츠 카프카 지음, 이재황 옮김(문학동네, 2014)

바야흐로 충(蟲)의 시대

✒

"하지만 그레고르는 오히려 훨씬 더 침착해졌다.
그 사이 귀에 익숙해진 탓인지 그에게는 자신의 말이
충분히 뚜렷하게, 전보다 더 뚜렷하게 들린다고 생각되었지만,
다른 사람들은 그러니까 그의 말을 더 이상
알아듣지 못하는 것임에 분명했다."

프란츠 카프카(Franz Kafka, 1883~1924)

프라하에서 태어난 유대계 독일인. 체코 사람도 아닌, 유대인
도 아닌, 독일인도 아닌, 다름에서 바라본 시선이 그의 책들에
담겨 있다.

주인공 그레고르 잠자는 열심히 일하는 영업사원이다. 그에
게도 남들과 다른 점이 생겼다. 바로 사람에서 거대 벌레로 변
했다는 점. 가족들은 처음엔 그를 불쌍하게 여겼지만, 시간이
갈수록 처치 곤란으로 생각한다.

「변신」을 처음 마주했을 때 '단순한 제목이지만 특이할 것 같
다'라는 느낌이 들었다. 기괴한 표지, 첫 장부터 벌레로 변한 주
인공, 파격적이다. '그는 왜 벌레로 변한 걸까?' 궁금증을 안고
읽기 시작했다. 그러다가 순간 깨달았다. '지금도 많은 사람이
벌레로 변하고 있구나! 우리는 그야말로 충의 시대에 살고 있
네.' 사람이 어떻게 벌레로 변하냐고? 말이 안 된다고? 한번 얘
기해 보자.

'맘충', '진지충', '밥줘충', '틀딱충', '급식충'(뒤에 벌레를 뜻하는 '-충'을 붙여 비하하는 발언으로 사용된다.) 등 각종 충이 붙은 말이 유행처럼 쓰이고, 최근 세계 여러 나라에서 찬사를 받은 영화도 〈기생충〉이다. 작가는 이렇게 '충의 시대'가 올 줄 알았을까? 아마 작가가 현시대에 「변신」을 쓴다면 충으로 불리는 사람들이 단체로 벌레로 변하는 소설이 나오지 않을까 싶다. 주인공은 자고 일어나니 한순간에 벌레가 되었고, 우리는 말 한마디로 사람을 벌레로 만든다.

주인공은 답답한 마음을 풀 곳도 없이 상사에겐 일벌레 취급을 받으며, 가족들의 생계를 책임지며 무겁게 살아간다. 일벌레를 강요받아 정말 벌레가 되어 버린 걸까, 아니면 짊어진 짐을 버틸 수 없어 스스로 벌레가 되어 버린 걸까. 그는 벌레가 된 자신도 생각을 할 수 있다고 외치지만, 가족들은 벌레로 변한 그가 더는 사람의 말을 이해하지 못할 거라고 생각한다. 가족의 눈에 그는 벌레일 뿐, 더 이상 돈 벌어오던 가장이 아니다.

"하지만 그레고르는 오히려 훨씬 더 침착해졌다.
그 사이 귀에 익숙해진 탓인지 그에게는 자신의 말이

충분히 뚜렷하게, 전보다 더 뚜렷하게 들린다고 생각되었지만,

다른 사람들은, 그러니까 그의 말을

더 이상 알아듣지 못하는 것임에 분명했다."

　지금은 얼마나 많은 이들의 말이 벌레의 언어로 치부돼 공허하게 퍼지고 있을까. 안타깝게도 이런 혐오들은 약자나 소수라고 느껴지는 사람들에게 흔하게 일어난다. 가난한 사람, 노인, 여성, 아이, 장애, 성 소수자. 한번 찍힌 낙인은 쉽사리 없어지지 않으며, 소외돼도 상관없는 사람으로 분류된다. 저렇게 사니 가난한 사람으로 쾅, 사회에 필요 없는 사람으로 쾅, 나를 불쾌하게 하는 사람으로 쾅. 마구잡이로 찍힌 낙인 때문에, 그 사람 본연의 모습은 제대로 볼 수 없다.

　사람들에게 도장을 찍음으로써 나에게도 가해자, 방관자라는 낙인이 찍히고 있음을 알고 있을까. 그것은 덮으려 해도 지우려 해도 사라지지 않고, 결국엔 두려움이 되어 나를 갉아먹는다. 나의 치부가 드러날까, 타깃이 될까, 저 사람에게 내세울 수 있는 건 고작 그것뿐이니까. 열등감은 가릴수록 티가 난다. 머지않아 콤플렉스 덩어리로 보이게 될 것이다.

벌레로 변해도 회사 걱정부터 하던 그레고르처럼 우리도 한국이 요구하는 평균을 맞추기 위해 무척이나 애쓰며 살아간다. 하지만 애쓰며 산다고 하여 남을 비하하는 데 정당성이 주어지는 건 아니다. 한국에서는 타인을 밟아서야만 내 자리가 있다고 믿게 만든다. 나와 상대방의 다름을 받아들이지 않고, 정해진 좁은 길을 벗어나는 사람을 일단 배척하고 본다. 특별해지고 싶지만, 특별한 사람은 보기 싫은 모순. 뻔한 건 재미없지만 다른 건 참을 수 없다니!

오늘날 충의 시대는 우리의 자기기만이 모여 탄생한 결과물이다. 벌레가 한 마리면 쉽게 잡아도, 여러 마리면 두려움이 된다. 그동안 당신이 만든 벌레의 수를 생각해 봐라. 무서워라 무서워!

나는 요즘 진지충, 감성충이라는 말을 들으면 "그래 맞아! 나 감성에 충실한 사람이야.", "나 진지한 사람이야." 하고 인정한다. 인정하니 편했다. 더는 충이 될까 봐 스스로를 검열하지 않아도 됐다. 주인공도 이런 마음이었을까? 그냥 인정하고 벌레가 되고 싶은 마음. 받아들임으로써 비로소 벗어나는 마음.

"차라리 벌레가 편해요."

20세기 작가가 21세기를 사는 우리에게 전한 메시지인 「변신」을 읽으며, 나는 다음 세대에게 어떤 메시지를 전할 수 있을까 고민한다. 아이들에게 충(蟲)이 아닌, 어질고 자애로움과 사랑의 뜻을 담은 인(仁)을 전하고 싶다. 감성충보다 감성인이 낫지 않냐고. 우리는 소외보다 소통에 힘 쏟아야 한다고 말이다.

어쩌면 그레고르에게도 벌레, 그다음 변신이 있지 않았을까 생각한다. 사람에서 벌레로 변했는데 다른 변신도 꿈꿔 볼 수 있지 않은가. 후속편이 있었다면, 분명 벌레가 허물을 벗고 또 다른 모습으로 변했을 것이다. 긍정 회로를 돌려본다. 충의 시대가 왔듯, 다른 시대도 오지 않으리라는 법도 없지.

가을 단풍이 북풍에 맞서 마지막 몸부림치던 가을날,
송도 캠퍼스의 양지바른 강의실에서 책 덮는 소리 들렸으니,
노는 시간이 시작되었다.

『다섯째 아이』
도리스 레싱 지음, 정덕애 옮김(민음사, 1999)

생각을 나누는 시간

"거기서 군중으로부터 약간 떨어져서

그 도깨비 같은 눈으로 카메라를 응시하거나

군중 속에서 자기와 같은 종족에 속하는

또 다른 얼굴을 찾고 있는 벤의 모습을 볼 것이다."

도리스 레싱(Doris Lessing, 1919~2013)

영국의 소설가. 페르시아에서 태어나 아프리카에서 어린 시절을 보냈다. 서른 살에 런던에서 소설『풀잎은 노래한다』를 발표, 이후 여성 문제와 사회 문제에 대한 예리한 시각으로 많은 작품을 발표했으며, 2007년 노벨 문학상을 받았다. 주요 작품으로는『금색 공책』,『다섯째 아이』,『런던 스케치』등이 있다.

행복한 가정을 꿈꾸던 해리엇과 데이빗, 두 남녀가 결혼한다. 부모님의 도움으로 꿈꾸던 빅토리아풍의 저택에서 살게 되고, 아이도 낳게 된다. 처음엔 아이들을 낳으며 행복했지만 반복되는 임신과 출산, 육아로 그들은 지치기 시작한다. 다섯째 아이 벤을 낳는 순간, 그들은 본격적으로 불행해졌다. 원하던 토끼 같은 자식이 아닌 괴물 같은 자식이었기 때문이다. 다른 자녀와 달리 벤은 폭력적인 모습을 보이는 아이였고 두려움을 느끼게 하는 아이였다. 벤이 성장하면서 가족들은 해체되었다.

L 이번 시간엔 도리스 레싱의 『다섯째 아이』에 대해 이야기해 보도록 하겠습니다. 작가 레싱은 영국의 여류 작가인데, 2007년 88세의 나이에 노벨상을 받았죠. 거의 일 세기를 살면서 20세기의 문제를 기록하고 분석하며 냉철하게 비판했던 작가입니다. 그중 오늘 이야기할 『다섯째 아이』는 1988년 발표된 작품이며, 행복한 가족과 모성애, 또 다른 자녀의 모습과 바람직한 삶에 대해 많은 생각을 하게 합니다.

C 일단 제목부터 일반적이지 않죠. 요즘 아이가 다섯 있는 집이 드물잖아요. 하나 키우기도 힘든 세상에 아이가 다섯이라는 것은 정말 드라마에서나 존재하는 일이에요.

J 실제 그런 드라마가 있었죠. 오래전 드라마인데 거기선 아이 둘인 남자와 아이 셋인 여자가 재혼하면서 다섯이 되었어요. 요즘 같은 세상에 해리엇과 데이빗 부부처럼 결혼하자마자 스트레이트로 아이를 다섯이나 낳았다면 엄청난 부자라는 의심을 받을 것입니다.

B   아직 미혼인 저로서는 생각만 해도 숨이 차요. 6, 7년 동안 쉬지 않고 임신과 출산을 반복하면 몸이 남아나지 않겠어요.

L   그렇죠. 그래서 가족과 결혼의 의미를 먼저 생각하게 하는 작품이에요. 주인공 해리엇과 남편인 데이빗이 생각하는 행복은 어떤 의미일까. 결국 온전한 가족이라는 것은 이미지일 뿐인 것 같아요. 가족의 출발을 결혼이라고 할 때, 이 둘은 출발부터 허황된 꿈을 가지고 시작한 게 아닐까요?

C   해리엇은 직장에서 시간만 때우다가 결혼하고, 자녀를 낳아 행복하게 산다는 생각, 우리가 흔히 말하는 현모양처가 되는 게 꿈이었죠. 그걸 위해선 결혼할 때까지 처녀여야 한다고 할 정도로 보수적인 친구였고요. 우연히 파티에서 만난 청년이 자신과 가치관이 같다고 하자 덥석 결혼해 버렸어요. 아이를 많이 낳을 생각으로 무작정 큰 집을 사고, 시아버지의 경제력과 친정엄마의 가사 노동으로 생활하며, 가족과 친구들

을 불러 파티를 즐기는 모습을 보면, 다섯째 아이인 벤을 낳을 때까지 그녀에게 육아에 관한 생각이나 모성애 같은 것이 나타나는 시점을 알 수 없었죠. 시설에 방치된 아이가 그녀의 모성애를 일깨우는 계기가 된 것 같아요. 진정한 보호본능이라고 할까? 그전까지는 해리엇에게 벤이란 존재는 완벽한 왕국을 파괴하려고 온 악마라는 원망만 있었지요. 벤의 불행이 자기 탓이 아니라고 회피하면서요."

J   어차피 가족은 선택의 대상이 아니에요. 부모, 자식, 형제 관계를 선택할 수는 없잖아요. 해리엇이 벤을 원망한다 해도 벤은 할 말이 없어요. 다만 자식에 대한 모성애, 부성애를 떠나 인간이 인간을 존중해야 한다는 것, 그런 면에서 벤은 존중받고 있었는지 생각합니다. 결국 시설에서 아이의 상태를 보았을 때, 그것은 가족이 아니라도 그대로 두면 이 아이가 죽겠구나, 아이를 살아 있게 해야 한다는 목적이 생긴 듯해요. 남편은 이성적으로 그런 상황을 알고 있었기에 그녀를 거기에 가지 못하게 했던 것이 아닐까요. 남도 아닌

가족인데 그대로 돌아올 수 없다는 것을 아니까. 가족이란 게 그런가 봐요. 언젠가는 각자의 삶을 찾아 뿔뿔이 흩어질 수 있다는 것을 알면서도 지금 함부로 놓지는 못하는 것. 결국 모두 떠나면 고독해질 수밖에 없는 운명인데….

K 어려운 문제죠. 우리 아이들도 결혼했지만 확실하게 독립했다고 하기엔 아쉬운 부분이 있거든요. 이 작품에서도 데이빗을 보면 아버지의 이혼과 재혼에 불만이면서도 경제적 원조를 받는 수밖에 없잖아요. 결국 가족이란 경제적 목적으로 이합집산하는 열린 공동체라는 생각도 합니다.

L 공동체 관점에서 본다면 벤의 존재가 해리엇과 데이빗이 갈등하게 되는 요인이 아닐까요?

K 데이빗은 가족 공동체의 평화를 우선으로 해요. 큰 집에는 큰 책임이 따른다고 할까. 경제 문제에서 벗어나기 위해 과외로 일을 더 하고, 나머지 네 아이가 올바

르게 성장할 수 있도록 벤을 격려하기로 합니다. 가족이라는 울타리를 지키려고 하는 거죠. 그렇지만 그 과정에서 벤을 지키려는 해리엇과 대립할 수밖에 없어요. 어쩌면 그런 해리엇의 태도가 오히려 가족을 파괴한다고, 분노할 수도 있다고 생각해요. 마지막에 벤이 떠나고 두 사람만 작은 집에 남게 되었을 때 좀 씁쓸했습니다. 데이빗이든 해리엇이든 가족이란 공동체를 위해 희생한 부분이 있는데, 결국 아무것도 나아진 것이 없다는 생각이 들었거든요.

B 전 마지막 부분에서 그 책임을 해리엇에게 전가한다는 느낌을 받았어요. 어쩌면 우리가 생각하는 모성애는 지고지순한 희생이잖아요. 우리 엄마들은 자식을 위해, 가족이라는 공동체를 위해 모든 것을 희생했다는 신화, 통화하다가도 음악을 듣다가도 '엄마'라는 단어만 들으면 울컥해지는 마음을 강조하면서….
그러면 아이를 줄줄이 낳은 해리엇은 모든 아이에게 강한 모성애가 있었나, 그녀가 벤에게 집착한 것을 비난해야 하나, 그리고 결국 아이들이 떠나 버린 결과는 그녀에게 모성애가 부족해서인가? 하고 질문했어요.

Y 모성애 이전에 해리엇에게는 죄책감이 먼저였을 겁니다. 변종을 낳은 여자가 당해야 하는 천형. 결국 그 죄의식 때문에 거리로 나가는 벤을 붙잡지 못하는 것일지도 모르죠.

M 해리엇은 자신들이 완벽한 행복을 꿈꾸고, 자신했기 때문에 벌을 받아 벤과 같은 아이가 태어났다고 생각합니다. 해리엇은 벤에게도 나쁜 행동을 하면 요양원으로 돌려보내겠다고 협박하며 처벌을 암시합니다. 해리엇은 더 큰 죄를 짓지 않고자 벤을 살아 있게 하는 것만으로도 벅차합니다. 오히려 의사나 상담 기관에서 벤을 정상 범주에 넣는 것이 원망스럽기까지 하죠. 그러면 통계에 포함되지 않는 죄책감을 버릴 수 없으니까.

Y 벤에게 어떤 진단명도 없이 '괴물 같은 아이, 빙하 시대의 유전자'로 정의하면서 주변으로 밀어내고 있죠.

'벤'이란 이름부터도, 야곱이 오랫동안 사랑한 여인 라헬에게서 얻은 아들이지만, 배반의 아이콘이 된 '벤야민'을 닮았습니다. 이 아이로 인한 불행은 운명일 뿐 누구의 책임도 아니라고 할 수 있습니다.

J 잘 모르기 때문에 공포의 대상이 되는 것이죠. 벤의 사촌인 에이미는 '다운증후군'이라는 확실한 진단명을 갖게 되면서, 친척들에게 집중적인 관심을 받았습니다. 그 아이는 가족의 확실한 일원으로서, 돌봄이 필요한 만큼 안정적인 돌봄 안에 있죠.

L 그렇죠. 그런 차이가 있죠. 그렇다면 벤을 어떻게 하죠. 세상과 분리되어야 하나요? 아니면 홈스쿨링 같은 걸로 변화시킬 수 있을까요?

M 벤의 폭력성이나 늦됨에도 불구하고, 정상 범주에 속하는 아이로 판정받을 때마다 해리엇은 사람들이 자신을 탓한다고 생각합니다. 차라리 그 아이가 인간이 아닌 괴물이라면 확실하게 격리할 텐데 그럴 수도 없

고. 그 아이를 살아 있게 하는 것만으로 벅찬데 인간
으로 키우기는 불가능하고, 건들거리는 동네 청년 존
이나 다른 친구들에게 맡겨 버리고픈 충동도 있죠.

C   어린 벤은 자신을 '불쌍한 벤'이라고 합니다. 그 상황
은 여러 가지가 혼재된 것 같아요. 일단 주변에 그 아
이를 불쌍해하며 그 말을 하는 사람이 있을 테고.

M   그 말은 갓난아기 벤의 흉측한 외모에 아무도 관심을
주지 않자 해리엇이 먼저 한 말이죠.

C   그렇죠. 그리고 고것이 해리엇의 입버릇이 되었어요.
'불쌍한 벤, 불쌍한 벤', 그러다 다섯 살쯤 된 벤이 자
신을 '불쌍한 벤'이라고 부른 거죠. 벤이 실수했을 때
위기에서 벗어나는 방법을 알아차린 것 같았어요. 그
렇지만 해리엇은 계속 불쌍한 벤에게서 회피하려는
생각만 하는 것 같아요. 어떤 상황도 빨리 정리해 버
리고 그냥 조용해지는 것, 오늘 하루도 무사히, 그런
마음만 있는 거죠.

K 가족을 넘어선 사회적 환경에 대해 생각해야 해요. 요즘 우리가 보는 가족이란 부모들이 누렸던 기득권을 지키고, 사랑이라는 이름으로 자식들에게 물려주는 조건부 티켓이죠. 자식들은 그것을 지키기 위해 고군분투하며 성장하고, 그 과정에서 사회적 배려는 사라지고 가족은 가장 이기적인 집단이 될 뿐입니다.

B 그 안에서 누릴 것 없고 가족으로서 의무만 있는 누군가에게는 '가족'이란 족쇄가 되기도 하죠.

L 의무만 있는 구성원, 많이 화가 나셨나요?

B 우리 사회의 저출산 문제를 젊은 여성들 탓으로 돌리는 경향이 있어요. 제가 결혼한다면 아이를 낳을까 심각하게 고민합니다. 물론 전에는 당연히 낳아야 한다고 했겠지만, 지금 아이를 낳지 않는 이유는 '살기 위한 세상이 아니어서'입니다. 다르게 표현하면 부모가 행복하지 않은데 그 경험을 아이에게 반복시키고 싶지 않기 때문입니다.

Y 다섯 명씩 낳으라는 것도 아니고, 한두 명 낳아 기르면 아이들 크는 즐거움도 있는데….

J 꼭 그렇지만은 않죠. 벤이 원해서 세상에 나온 것이 아닌데, 모든 원인을 벤 탓으로 돌리듯이요. 그리고 벤을 키우는 책임은 다시 해리엇에게 집중되고요.

M 저출산 문제의 핵심은 뭔지 생각해 볼 필요가 있겠죠. 인구를 자원으로 생각하고 국가 경쟁력을 위해 안정된 인력이 필요하다는 산업화 시대의 논리, 아니면 점점 고령화되는 어른들을 부양하기 위한 다음 세대의 육성 같은 측면도 있을 거예요.

C 정상적인 가족이라는 통념도 있을 거예요. 부모와 자식, 형제가 혈연으로 맺어진 것이 정상적이라는 생각. 그것을 벗어난 동성 결혼이나 딩크족, 대안 가족에 대해서는 약간 이상한 눈으로 보기도 하지요.

B 결혼제도와 가족, 모성애라는 굴레에 대해 다시 생각

해 봐야 합니다. 현재의 육아 환경, 치열하지만 의미 없는 경쟁, 미래에 대한 불신을 생각하면 아이를 낳지 않는 것이 모성애일 수도 있다고 생각합니다. 아이를 출산하고 육아에 헌신하면서, 좋지 않은 주변 환경에 영향을 받지 않도록 아이를 보호하는 데 헌신하는 것이 모성애고, 그런 모성애에도 숭고한 레벨이 있다면 저는 1단계에서 탈퇴하고 싶습니다.

L 그건 오늘 생각이고 결혼과 미래에 대해서는 더 많이 생각해 봐야 합니다. 미래를 위해 현재의 행복을 유보해야 할까요? 어쩌면 우리는 그렇게 살아온 게 아닐까요?

J 적어도 넷째 아이를 낳을 때까지 해리엇과 데이빗은 미래에 대한 희망이 있었지요. 비록 시아버지에게 지원을 받고 있지만, 더 열심히 일해서 아이들과 행복하게 살 것이란 희망, 커다란 저택에 친척들을 불러 놓고 화목한 가정을 자랑할 것이라는 희망. 그런 것들이 다섯째를 임신하면서 와르르 무너진 거죠. 애초부터

말도 안 되는 계획이었어요. 능력도 안 되면서 아이를 여섯 이상 낳겠다는 건….

C 그 계획에 친정엄마의 가사 노동 같은 것은 포함되지 않았죠. 우리 부모님들이 숟가락 두 개만 놓고 결혼 생활을 시작했다고 말씀하시면, 처음에는 자식들 키우느라 고생하신 것에 고맙고 감동했는데, 요즘은 답답하고 안쓰럽단 생각이 더 많이 들어요. 제가 부모가 되고 보니, 우리 부모님 때처럼 한길만 있는 세상이 아닌 것 같아요. 제가 하고 싶은 일도 많고, 경단녀라는 꼬리표보다는 전문성 있게 일하는 엄마의 모습이 아이에게 더 긍정적일 것 같거든요.

B 슈퍼우먼 콤플렉스, 그건 콤플렉스가 아니고 존재의 문제죠. 가족의 행복이 아니라 개인의 행복도 중요하잖아요. 벤의 탄생은 누구나 가질 수 있는 미래에 대한 공포를 보여 줬어요. 우리 인생엔 언제든 그 이상의 태클이 들어올 수 있으니까요.

Y 미래에 대한 기대, 그리고 미래에 대한 공포. 벤이라는 존재는 그런 복합적인 욕망의 결과물이었던 것이죠. 막연한 욕망만 있을 뿐 준비가 안 된 해리엇에겐 감당할 수 없는 시련이었고 운명이었습니다.

K 그렇지만 한 가족이 해결하기엔 너무 큰 문제라면 사회적으로 도울 수 있는 장치도 필요하겠지요. 결국 큰집을 포기하고 두 부부만의 작은 집에 남게 되었을 때, 불쌍한 벤도 거리를 떠돌지 않게 할 사회 보호 제도가 필요합니다.

M '벤이 아직도 살아 있다면?'이란 생각을 합니다. 그의 피지컬이나 지능 때문에 못된 사람들에게 이용당했거나, 자기도 모르던 재능을 발견해 줄 어른을 만나 돈을 벌었을지도 모르지요. 그러면 해리엇도 신과 화해할 수 있었을 거고요.

L 어쨌든 가족이란 게 인간이 추구하는 가치인지 단순한 제도인지 모르겠지만, 완벽하게 행복한 가족은 없

을 것입니다. 오늘은 여기까지 이야기를 나누고 마치
도록 하겠습니다.